História abreviada da literatura portátil

História abreviada da literatura portátil

Enrique
Vila-Matas

Tradução
Júlio Pimentel Pinto

COSACNAIFY

A Paula

“[...] *au fond de l'Inconnu pour trouver du nouveau*”

O infinito, meu caro, é bem pouca coisa; é uma questão de escrita. O universo só existe no papel.

Paul Valéry, *Monsieur Teste*

Prólogo

No fim do inverno de 1924, sobre o penhasco em que Nietzsche teve a intuição do eterno retorno, o escritor russo Andrei Biéli sofreu uma crise nervosa ao provar a irremediável elevação das lavas do superconsciente. Naquele mesmo dia e na mesma hora, não muito longe dali, o músico Edgar Varèse caía subitamente do cavalo quando, parodiando Apollinaire, fingia se preparar para ir à guerra.

Acho que essas duas cenas foram os pilares sobre os quais se edificou a história da literatura portátil: uma história europeia nas origens e tão leve quanto a maleta-escritório com que Paul Morand percorria, em trens de luxo, a iluminada Europa noturna: escritório móvel que inspirou a *boîte-en-valise* de Marcel Duchamp, sem dúvida a mais genial tentativa de exaltar o portátil na arte. A caixa-valise de Duchamp, que continha reproduções em miniatura de todas as suas obras, não demorou para se transformar no emblema da literatura portátil e no símbolo em que se reconheceram os primeiros shandys.*

* Shandy, no dialeto de algumas regiões do condado de Yorkshire (onde Laurence Sterne, autor do *Tristram Shandy*, viveu boa parte da vida), significa "indistintamente alegre, volúvel e louco".

Alguns meses depois, e com uma pequena alteração (um pente cumpria a função de fecho na *boîte-en-valise*), esse emblema criado por Duchamp seria retocado por Jacques Rigaut para representar, segundo suas próprias palavras, "a apoteose dos pesos leves na história da literatura". O desenho de Rigaut foi muito celebrado, talvez pelo evidente caráter heterodoxo, e provocou uma extraordinária avalanche de novas e atrevidas profanações do emblema duchampiano, prova clara da ânsia de constante transgressão que caracterizou os primeiros escritores que se vincularam à sociedade secreta shandy.

Nesses mesmos dias, e uma vez que existia entre os primeiros shandys um medo generalizado de que a caixa-valise pudesse estar ao alcance de algum farsante, Walter Benjamin projetou, com notável êxito, aquela divertida máquina de pesar livros que leva seu nome e que ainda hoje nos permite detectar, com absoluta precisão, quais são as obras literárias totalmente insuportáveis e, por isso, ainda que tentem disfarçar, intransportáveis.

Não é por acaso que grande parte da originalidade dos textos do inventor da máquina Benjamin se deva exatamente a seu olhar microscópico, combinado com seu incansável domínio das perspectivas teóricas. "As coisas pequenas eram as que mais o atraíam", escreveu sobre ele seu amigo Gerschon Scholem. Walter Benjamin gostava de velhos brinquedos, selos de correio, fotos de cartões-postais e essas imitações das paisagens invernais contidas nos globos de vidro em que neva quando são agitados.

A própria letra de Benjamin era quase microscópica, e sua ambição jamais alcançada era escrever cem linhas numa única folha de papel. Scholem conta que, em sua primeira visita a Benjamin em Paris, este o arrastou até o Museu Cluny para lhe mostrar, numa exposição de objetos usados em rituais judeus, dois grãos de trigo em que uma alma gêmea havia escrito todo o Shemá Israel.

Walter Benjamin e Marcel Duchamp também eram almas gêmeas. Ambos foram vagabundos, viajantes errantes, exilados do mundo da arte e, ao mesmo tempo, colecionadores carregados de coisas, ou melhor, de paixões. Ambos sabiam que miniaturizar é tornar portátil, e que esta é a forma ideal de um vagabundo ou exilado possuir coisas.

Mas miniaturizar é também ocultar. Duchamp, por exemplo, sempre se sentiu atraído pelo extremamente pequeno, ou seja, por tudo que precisava ser decifrado: emblemas, manuscritos, anagramas. Para ele, miniaturizar também significava tirar o caráter utilitário das coisas: "O que foi reduzido se acha, de certa forma, livre de significado. Sua pequenez é, ao mesmo tempo, um todo e um fragmento. O amor ao pequeno é uma emoção infantil".

Tão infantil quanto o olhar de Kafka, que, como se sabe, empreendeu uma luta mortal para entrar na sociedade paterna, mas só teria conseguido sob a condição de continuar a ser o menino irresponsável que era.

Os escritores portáteis sempre se comportaram feito crianças irresponsáveis e, desde o primeiro momento, estabeleceram como requisito indispensável para entrar na sociedade secreta shandy permanecer solteiro ou, pelo menos, agir como se assim fossem, ou seja, funcionar como uma máquina celibatária no sentido dado por Marcel Duchamp pouco depois que soube, através de Edgar Varèse, da crise nervosa de Andrei Biéli: "Naquele instante, não sei por quê, parei de escutar Varèse e me pus a pensar que não devíamos carregar a vida com peso demais, com coisas demais para fazer, com aquilo a que chamamos mulher, filhos, casa no campo, carro etc. E felizmente entendi isso bem rápido. Isso me permitiu continuar solteiro por muito tempo, e viver bem mais facilmente do que se tivesse tido que enfrentar todas as dificuldades normais da vida. No fundo, é o que importa".

Não deixa de ser curioso que Duchamp compreendesse tudo isso justamente no momento em que Varèse lhe relatava a crise nervosa de Biéli no penhasco do eterno retorno. É inevitável perguntar-se sobre que relação pode existir entre a crise nervosa de Biéli e a decisão duchampiana de continuar solteiro a qualquer custo, sonhando acordado como todos os meninos irresponsáveis. É difícil, praticamente impossível saber. O mais provável é que não exista relação nenhuma e que simplesmente tenha se apresentado a Duchamp, de repente, sem nenhuma lembrança nem associação consciente que permitisse uma explicação imediata, a imagem de um homem solteiro, impossível, livre e delirante, ou seja: um artista portátil ou, o que dá na mesma, alguém a que se pode tranquilamente levar a qualquer parte.

Enfim, seja como for, a única coisa que está clara é que a queda de Varèse, a crise nervosa de Biéli e a aparição inesperada de um artista solteiro, livre e delirante no campo de visão de Duchamp foram os pilares sobre os quais se assentou a sociedade secreta shandy.

Como se exigir um alto grau de loucura não fosse o bastante, foram fixados dois outros requisitos indispensáveis para pertencer a essa sociedade: além de que a obra de cada um não fosse pesada e coubesse facilmente numa maleta, a outra condição obrigatória era a de funcionar como uma máquina celibatária, solteira.

Ainda que não fossem indispensáveis, recomendava-se também possuir certos traços considerados tipicamente shandys: espírito inovador, extrema sexualidade, ausência de grandes propósitos, nomadismo incansável, tensa convivência com a figura do duplo, simpatia pela negritude, cultivo da arte da insolência.

Há, na insolência, uma rapidez de ação, uma orgulhosa espontaneidade que rompe os velhos mecanismos, triunfando por sua prontidão sobre um inimigo poderoso, mas lento. Desde o primeiro momento, os shandys viram que o que mais desejavam era que a associação portátil se convertesse na exaltação espetacular daquilo que aparece e desaparece com a arrogante velocidade do relâmpago da insolência. Por isso a existência da sociedade shandy, cuja principal característica era a de conspirar apenas por conspirar, foi breve. Três anos depois do acidente de Varèse e da crise nervosa de Biéli, exatamente no dia da homenagem a Góngora em Sevilha, em 1927, o satanista Aleister Crowley, com um gesto deliberadamente histriônico, dissolveu a sociedade dos portáteis.

Muitos anos depois de Crowley colocar em liberdade a águia dos shandys, posso afirmar que a sociedade portátil existiu muito além dos longínquos horizontes da imaginação de seus membros. Foi o ponto de união dos que formaram uma sociedade secreta sem precedentes na história da arte.

Nestas páginas, se falará daqueles que arriscaram alguma coisa, se não a vida, pelo menos a sanidade, para realizar obras em que sempre esteve presente o chifre, a ameaça do touro, de uma forma ou de outra. Conheceremos aqueles que tornaram possível que hoje possamos desmascarar com mais facilidade do que nunca todos os que, como disse Hermann Broch, "não é que sejam maus escritores; são delinquentes".

Conheceremos aqueles que tornaram possível o romance da sociedade secreta mais alegre, volúvel e amalucada que jamais existiu: escritores embriagados de tanto café e tabaco, livres e delirantes heróis dessa batalha perdida que é a vida, amantes da escrita quando ela se transforma na mais divertida e radical experiência.

Obscuridade e magia

Devo a uma breve conversa com Marcel Duchamp, e sobretudo a *Viúvas e militares*, livro ainda inédito de Francis Picabia, as informações mais valiosas sobre o tema da participação decisiva de duas mulheres fatais na fundação, em Port Actif, da sociedade secreta shandy.*

Conta Picabia que, no fim do inverno de 1924, na cidade de Zurique, diante do número 1 da Spiegelgasse, ou seja, na frente do Cabaret Voltaire, onde naqueles dias o movimento dadaísta celebrava o feliz quinto aniversário de seu desaparecimento do panorama cultural, havia um balcão em forma de flauta pigmeia feita de ramos de papaia, e nesse balcão, numa noite de lua cheia, repousava uma capa de chuva dentro da qual se agitava, inquieta, uma mulher espanhola, bela, mas de nome horrível, Berta Bocado, que observava com certa dissimulação a agitação

* Sim, mulheres fatais. Desde o primeiro momento ficou bem claro que toda máquina celibatária devia levar, junto ao seu complexo mecanismo, uma ou outra vampira, pois só assim conseguiria funcionar com falsa eficácia e sem medo de sofrer avarias, embora, paradoxalmente, avariar-se fosse, na verdade, o destino fatal dessas máquinas de tão nula quanto admirável produtividade.

constante dos antigos dadaístas que, diga-se de passagem, em nenhum momento se deram conta de que eram espiados pela espanhola.

Naquela noite, Berta Bocado agia tal qual uma câmera com o diafragma aberto: uma câmera passiva, minuciosa, pensativa. Acabara de receber uma carta de seu antigo amante, Francis Picabia, que, depois de deixá-la a par de suas preocupações, lhe pedia que tentasse travar amizade com um escritor russo chamado Andrei Biéli e verificasse se este, além de ter crises nervosas em penhascos históricos, possuía algum gênio e senso de humor: "Tanto Marcel (Duchamp) quanto eu", concluía a carta, "estamos interessados em saber se Biéli é um dos nossos. As informações que temos indicam que ele mora na sua rua e que, ao entardecer, joga xadrez com Tristan Tzara. Ao que parece, funciona como uma máquina celibatária. Em seu melhor romance, *Petersburgo*, o protagonista é um conspirador e, ao mesmo tempo, uma máquina celibatária que, num momento certamente inspirado, engole uma bomba e percebe seu prazeroso tique-taque na barriga. Provavelmente esse Biéli é um louco de marca maior. Gostaríamos que fosse atrás dele e nos dissesse se tem pontos em comum com o protagonista de seu romance. Aguardamos notícias".

Não se sabe se, por sua condição de mulher fatal ou simplesmente por sua tendência ao despiste, Berta Bocado confundiu Biéli com outro cidadão russo que morava na Spiegelgasse e que, às vezes, jogava xadrez com Tzara, Arp,

Schwitters e companhia, mas que à noite se refugiava em casa e não queria saber dos antigos dadaístas. Seu nome era Vladímir Ilitch Uliânov e, acompanhado de uma tal Krupskaia, aguardava em Zurique que a revolução estourasse em seu país.

Poucos dias depois, Berta Bocado enviou informações totalmente erradas a Picabia, causando assim o equívoco que tanto contribuiu para a consolidação da sociedade secreta portátil: "Trata-se de um russo certamente esquisito que, até quando o tempo está bom, sai à rua com galochas e guarda-chuva e com um casaco acolchoado de inverno. Carrega o guarda-chuva encapado e o relógio numa capa de camurça cinza, e dentro de um estojo, guarda a navalha que usa para apontar o lápis; parece que até seu rosto está encapado porque sempre o esconde com a gola do casaco levantada. Usa óculos escuros, malha de lã, tapa os ouvidos com algodão e, quando sobe num carro, pede ao cocheiro que levante a capota. Em resumo, observa-se nesse indivíduo uma tendência constante de arranjar algum tipo de cobertura que o isole e o proteja de todo tipo de olhar alheio. Creio que até suas ideias costuma guardar em um estojo [...] tentei seduzi-lo e o máximo que consegui foi que me deixasse subir a seu apartamento, mas, uma vez lá, começou a se comportar de maneira bastante estranha: apenas me olhava e parecia unicamente interessado numas pastas que, de maneira frenética e convulsiva, levava de um lado para o outro do escritório: trocava algumas dessas pastas várias vezes de lugar e escondia outras. Suponho que devam guardar manuscritos de seus romances. E digo suponho porque, enquanto isso, ele repetia insistentemente que não era romancista, e negou horrorizado – quase assustado, eu diria – ter escrito algo sobre conspiradores que engolem bombas e coisas do tipo. Estava claro que queria que eu fosse embora o quanto antes, e isso, você me conhece, me irritou. Chamei-o de mal-educado, ao que me respondeu, de maneira misteriosa, dizendo que não era mal-educado, mas um simples aficionado por levar consigo tudo que lhe parecesse portátil [...]".

Picabia, ao receber a carta, teve a impressão de que, por trás da estranha conduta do russo, podia se esconder uma mensagem cifrada que ele devia decifrar. Passou dias tentando achar um sentido para o frenético vaivém de pastas, até que Duchamp, que ainda não conhecia o conteúdo da carta da Bocado, lhe contou um sonho e ofereceu, sem saber, a pista que tanto havia procurado.

Duchamp contou que havia sonhado com quatro frases, as três primeiras construídas com palavras regidas pela coincidência, frases que refletiam a linguagem que se deve esperar do absoluto acaso que, como se sabe, sempre foi sua grande especialidade. Todas as frases, à exceção da última, seriam incluídas, anos mais tarde, na antologia que André Breton dedicou ao humor negro:

Etrangler l'étranger
Eglise, exil

Rrose Sélavy et moi esquivons les ecchymoses des Esquimaux
[aux mots exquis
C'est Biely le plus vieux du Port Atif

Esta quarta e última frase, a única não construída por palavras regidas pela coincidência, adquiriu sentido mágico para Picabia, que acreditou ver em Port Atif (portátil) uma revelação, a palavra-chave, aquela que relacionava enigmaticamente o sonho de Duchamp com a mensagem de Biéli. Tudo isso o levava para Port Actif, um povoado africano situado na desembocadura do rio Níger.

Depois de não pouca dificuldade, conseguiu, enfim, convencer quatro de seus amigos – Duchamp, Ferenc Szalay, Paul Morand e Jacques Rigaut – da absoluta necessidade de partir em direção à costa nigeriana. E num 27 de julho de 1924 embarcaram, em Marselha, rumo ao litoral africano e a uma futura conspiração shandy que, naqueles dias, ainda não sabiam exatamente no que consistiria, mas que não duvidavam que devia nascer, a qualquer custo, na obscuridade de um continente ainda mais obscuro do que o então ainda opaco espírito portátil.

Ao chegar a Port Actif, Picabia conta que sentiram, de imediato, o atraente horror do mundo desconhecido ao qual haviam viajado: "[...] nos sentimos transportados a um novo astro; lembro que realizamos as operações de desembarque ao entardecer, e que um bando de negrinhos invadiu o convés; apontavam suas cabeças raspadas pelas janelas de nossas cabines, mostrando seus belos olhos e um sorriso iluminado por dentes deslumbrantes; esticavam suas finas mãos, com as palmas em forma de concha rosada, para pedir dinheiro [...] e pouco depois estávamos já na grande praça de Port Actif, bela e quadrada; repleta de pensões, bares e lojas. Marcel, Paul, Ferenc, Jacques, todos riram juntos quando descobriram que ali havia um Café do Louvre. Sentamos nele, degustando os magníficos *micris*, grãos de café de Harar cobertos por uma espessa camada de açúcar. Dois negros se aproximaram e quiseram nos vender ágatas do Ceilão, pedras de quartzo hialino, anéis de prata, chifres de gazela, penas de avestruz e escudos nigerianos [...] mas ao cair da noite, já passado o deslumbramento inicial diante daquele lugar fascinante, fomos tomados por certo temor de que ali não acontecesse nada interessante [...]".

Durante três longos dias, eles se entediaram no terraço do Café do Louvre e, na verdade, nenhum deles, nem mesmo Picabia, que era quem os havia feito embarcar na aventura, sabia muito bem o que estavam fazendo ali. Duchamp, o mais desanimado de todos, não parava de repetir que, na opinião dele, cinco máquinas celibatárias perdidas num porto africano não formavam mais do que um ridículo grupo de mecanismos pifados. Picabia tentava ser o mais otimista e, mesmo sabendo que se enganava, via constantemente, para a irritação dos amigos, sinais no céu ou nos pórticos da praça ou nas incríveis miniaturas que os negros vendiam. Mas foi só na tarde do terceiro dia que Picabia acreditou ver, de verdade, um sinal realmente interessante; nada menos do que um negro com uma perna só que tocava uma flauta feita com sua própria tíbia: era idêntico a Lelgoualch, personagem de *Impressões da África*, de Raymond Roussel.

Obscuridade e magia. Picabia imediatamente insinuou que, naquele caso, podia realmente se tratar de um sinal altamente revelador. Revelador do quê?, perguntaram ao mesmo tempo Duchamp, Szalay e companhia, visivelmente incomodados, já cansados de tanto ver Picabia à procura de associações gratuitas que apontassem uma direção no meio do caos. Mas foi então que, de repente, viram passar uma lindíssima mulher estrangeira ("alta e morena, de extrema sensualidade, uma verdadeira aparição") que, cruzando a praça em grande velocidade, se perdeu num beco, seguida de Lelgoualch e sua tíbia musical.

Depois de alguns momentos de surpresa geral, Picabia reagiu e, tentando saber se os outros haviam visto o mesmo que ele, comentou que tinha acabado de ver uma bela máquina cheia de vida. Morand disse que, de fato, havia passado pela praça uma variante cômica da flor de azahar. Szalay interveio e, num esforço de adivinhar a nacionalidade da estrangeira, afirmou categoricamente que no mundo existiam três sexos: o homem, a mulher e a francesa que acabara de cruzar furtivamente a praça. Rigaut se pôs violentamente de pé, totalmente fora de si, e "já apaixonado, antes mesmo de conhecê-la, saiu em perseguição à mulher fatal".

Descobriu-se então que a mulher era Georgia O'Keefe, pintora e escultora americana, que viajava pela costa oriental da África na companhia do poeta William Carlos Williams, um bom amigo de Duchamp.

No jantar que se seguiu a esse feliz encontro, ela se mostrou entusiasmada ao ouvir Picabia falar sobre as máquinas celibatárias, ficções e outras futuras conspirações. Lelgoualch não deixou de pontuar musicalmente todas as palavras do jantar até que sua tíbia encantada se incorporasse respeitosamente ao silêncio do grupo, no momento que O'Keefe começou a se comportar como uma mulher fatal, já incorporada ao mecanismo celibatário, e expôs sua teoria sobre o que entendia por sexualidade extrema: um conceito que, por estar intimamente ligado ao funcionamento das máquinas celibatárias, não demorou a se tornar um dos traços mais tipicamente shandys.

Consciente de que a marca mais distintiva das máquinas celibatárias era de ordem sexual, Georgia O'Keefe afirmou que estas se compunham de um conjunto mecânico e outro orgânico, e que entre os dois conjuntos emaranhavam-se, num círculo fechado, relações complexas de prazer e terror, êxtase e castigo, vida e morte.

"Energia ou libido", Picabia compilava as sentenças que a mulher fatal dizia enquanto lixava as unhas, "o amor deve ser desviado de sua finalidade genética, aquilo que entendemos por reprodução, para buscar apenas a autossatisfação. Em suma, copular por puro prazer, nunca pensando na descendência e outras miudezas. Isso é o que entendo por sexualidade extrema."

Depois de reproduzir essas palavras de O'Keefe, Picabia conclui bruscamente sua descrição da noitada fundadora de Port Actif, nos falando do enigmático e sugestivo silêncio que se fez entre eles, um pacto de conspiradores: "Se até então havíamos arrastado nosso passado como a cauda vaporosa de um cometa e bem pouco sabíamos de nossa futura conspiração, a sentença de Georgia nos uniu, de repente, num perfeito silêncio de conspiradores, e naquela noite não houve mais palavras, porque aquele nos pareceu o registro ideal de voz que podia nos permitir lentamente configurar, no mais absoluto e atraente dos silêncios, o resto dos traços tipicamente portáteis. Assim, todos emudecemos ao compreender que não havia realmente necessidade de nenhuma conversação audível entre nós, pois já conversávamos desde muitíssimo tempo, ainda que não com palavras. Conversávamos em silêncio, e nosso papo era um dos mais interessantes que se possa imaginar; palavras pronunciadas e ordenadas para serem ouvidas não alcançariam o efeito daquele silêncio".

Desse pacto de conspiradores que fundou o shandismo não tenho mais do que as informações oferecidas por Picabia em seu livro, mas penso que são dados suficientes e confiáveis para chegar à conclusão de que, graças à definição de sexualidade extrema feita por uma mulher fatal, o nascimento do mundo dos portáteis se tornou realidade: um universo que nasceu do equívoco e da casualidade. Do equívoco, a confusão entre russos por parte de Berta Bocado. E da casualidade, o encontro com Georgia O'Keefe, que teve como consequência a expulsão da maternidade na linguagem shandy.

Tudo parece indicar, portanto, que a incorporação de mulheres fatais ao mundo portátil propiciou o nascimento da sociedade secreta. Mas, como é sabido, nascer é começar a morrer. Ainda que as mulheres fatais tenham se incorporado às máquinas celibatárias shandys, estas não ficaram livres de futuras e irreparáveis avarias, uma vez que, no exato momento em que se perceberam vivas e portáteis, abraçaram a Morte, o que explica tanto o imediato surgimento da palavra suicídio em seu horizonte quanto o fato de que um dos comensais de Port Actif, precisamente o que havia se apaixonado pela mulher fatal, se desse repentinamente conta, ali mesmo, da fatalidade de um departamento portátil, a agência geral do suicídio.

Suicídios de hotel

Parece ser uma constante histórica que, entre os fundadores de toda sociedade secreta, exista sempre aquele que gosta de contrariar os demais. No caso shandy, todos os comensais de Port Actif eram grandes amantes da vida, exceto Rigaut, que se declarou, desde o primeiro momento, a favor e ao lado da morte ("*Vous êtes tous de poètes et moi je suis du côté de la mort*"), mais especificamente do suicídio, uma palavra que não seria banida da linguagem shandy até o dia em que Rigaut, após dois anos de hesitação, se suicidou num luxuoso hotel da cidade de Palermo.

Demorou tanto para tomar essa decisão que teve tempo de assistir à célebre onda de suicídios juvenis na Paris de 1924, uma moda que foi duramente criticada por um dos comensais de Port Actif: "Esta história de tirar a própria vida", escreveu Szalay, "parece hoje em dia coisa exclusiva de jovens com vocação para a estupidez, e o mais jovem e estúpido de todos ou, pelo menos, o mais próximo de nós, é o impetuoso Rigaut; alguma relação deve haver entre a extrema juventude e o suicídio, duas palavras que atualmente parecem estreitamente ligadas e que têm pouca sintonia com o pensamento portátil". E Paul Morand, numa clara referência a seu amigo Rigaut, encerrou uma conferência em Reims com estas palavras: "Não é sério, senhores. Se alguém deseja tirar a própria vida, deve fazê-lo logo, isto é, quando ainda se é uma criança; fazê-lo mais tarde é algo ligeiramente ridículo, pois não se pode continuar a ser tímido quando se tem mais de sete anos".

Rigaut fez pouco caso das palavras de seus amigos, pois desde que voltou da África o suicídio havia adquirido, para ele, valor de sacramento único. Deu seus primeiros passos em direção a esse gesto definitivo em Port Actif, quando, sem avisar ninguém, penetrou na selva, desaparecendo numa obscura noite de grandes árvores em que, rodeado pelo úmido silêncio das folhas, inventou para si mesmo o pretexto de que estava perdidamente apaixonado por Georgia O'Keefe para assim poder se sentir cada vez mais inclinado a deixar a vida, pois estava seguro de que sua amada o rejeitaria sem nem sequer olhar para trás, o que de fato aconteceu. Mas, como já disse, isso não foi obstáculo para que demorasse ainda dois anos para se suicidar.

É que, durante esse período, sentir-se imensamente desgraçado e ter diante de si a perspectiva do suicídio lhe devolveu o senso de humor, o que é fácil de constatar naquele texto ou anúncio publicitário que, na volta de Port Actif, redigiu em Paris com a intenção de divulgar sua Agência Geral do Suicídio, um departamento peculiar na história da literatura portátil:

> A Agência Geral do Suicídio oferece finalmente um meio bastante adequado de abandonar a vida, pois, de todas as

extinções, a morte é a única que jamais se desculpa. Assim se organizam os enterros-expressos: banquete, cortejo de amigos e conhecidos, fotografia (ou máscara mortuária, à escolha), distribuição de lembrancinhas, suicídio, colocação no ataúde, cerimônia religiosa (facultativa), traslado do cadáver ao cemitério. A Agência Geral do Suicídio se encarrega de realizar as últimas vontades dos Senhores Clientes.

Dois meses depois da publicação desse anúncio, Rigaut deixou precipitadamente seu escritório de suicídios e embarcou para a América. Seu gosto por representar comédias tristes o levou até a porta da casa de William Carlos Williams (que ele supunha ser amante de O'Keefe), onde tentou exibir seu profundo desespero de apaixonado rejeitado.

Conhecemos detalhes bem interessantes de sua travessia marítima porque nela ele fez amizade com um elegante passageiro, o fotógrafo Man Ray, que anos mais tarde iria contar tudo, de maneira impiedosa, num divertido livro, *Travels with Rita Malú*, em que Rigaut seria descrito como um patético e histriônico cavalheiro que se comprazia num desespero em que nem ele mesmo conseguia acreditar, pois, em diversas ocasiões, seu senso de humor o traía. Por exemplo, logo ao desembarcar em Nova York, sentiu o impulso de publicar este anúncio na imprensa local:

Jovem pobre, medíocre, 21 anos, mãos limpas, aceitaria contrair matrimônio com mulher, 24 cilindros, saudável, ninfomaníaca ou capaz de falar anamês, se possível chamada

O'Keefe. Dirigir-se a Jacques Rigaut, 73 Boulevard du Montparnasse, Paris. Sem domicílio fixo em Nova York.

Depois de acertada a publicação do anúncio, dirigiu-se à casa de William Carlos Williams, que, ao abrir a porta e ver o grotesco e transtornado rosto do futuro suicida, não pôde evitar uma gargalhada descomunal. É que Rigaut estava na sua frente com um ramo de orquídeas, uma certa palidez maquiada e aparência de vítima de uma febre amorosa que lhe atravessava o coração.

Era um espetáculo que merecia ser fotografado, e Man Ray, que havia acompanhado Rigaut até a casa, não perdeu tempo. A fotografia, ao circular entre os primeiros shandys, serviu para que estes reafirmassem a convicção de que na sociedade secreta não havia lugar para o ridículo involuntário ou para o desespero fingido, isto é, para a extrema juventude.

Esse encontro serviu também, no cenário nova-iorquino, para que o poeta norte-americano travasse amizade com Man Ray e para que este, que já era amigo de Duchamp, iniciasse, por sua vez, uma estreita relação com Georgia O'Keefe e com os estranhos shandys que ela, ao voltar de Port Actif, havia pacientemente recrutado nos mais refinados meios artísticos de uma cidade que, graças ao nascente furor portátil, estava abandonando seu provincianismo.

Entre os amigos de Georgia O'Keefe destacavam-se Walter Arensberg, Pola Negri, o príncipe Mdivani, Skip Canell e Robert Johnson. Este último se apresentou a Man Ray como alguém "marcado pelos traços do vazio, do desgarramento e da morte prefigurada". E era, em todos os aspectos, um personagem muito curioso.

Durante muito tempo, Johnson foi a encontros com uma maleta bem leve que todo mundo achava que continha suas pinturas em miniatura, até que se descobriu que, na verdade, se tratava de uma maleta de piquenique com sopeira, quatro bandejas, doze pratos, seis copos e uma chaleira de prata barroca.

Mas o mais curioso em Johnson era que, de alguma forma, lembrava Rigaut, embora, diferentemente deste, parecesse ter uma pressa imensa de deixar este mundo. Quando o conheceu, Rigaut ficou surpreso e envergonhado e, sobretudo, muito agitado ao ver que estava diante de um suicida bem mais decidido do que ele. "Olhe-me bem esta noite", disse Johnson, "porque duvido que volte a me ver. Dentro de poucas horas terei deixado de existir." E de fato, pouco depois de voltar para casa, Johnson resolveu concluir a tarefa iniciada tempos antes, que consistia num delicado trabalho de ourivesaria: polir a asa da chaleira de prata barroca até lhe dar uma forma perfeitamente arredondada e utilizá-la como bala para estourar os miolos.

O que Johnson nunca pôde imaginar é que sua morte o transformaria numa espécie de Werther nova-iorquino, pois a cidade, do dia para a noite, imitando Paris, foi povoada por jovens suicidas que, deslumbrados ante aquela morte com a chaleira de prata barroca, saltavam das pontes, não sem antes escrever divertidas cartas aos juízes, em que expunham os mais diversos motivos para abandonar a vida.

Um desses jovens suicidas, o irmão do escultor Gaudier-Brzeska, teve o cuidado de dedicar ao juiz este admirável poema: "Amanhã, o fim./ O fim, amanhã./ Para amanhã o fim./ O fim, para amanhã./ Amanhã, enfim".

A onda de suicídios foi tão grande que Skip Canell, amigo íntimo de Johnson, pediu a Rigaut que, sendo ele uma reconhecida autoridade no assunto, publicasse o mais rápido possível um apelo urgente à juventude e tentasse fazê-la desistir de tamanha inclinação suicida. Foi assim que, no fim de dezembro de 1924, apareceu nas páginas do *New York Times* uma carta ao diretor, assinada por Jacques Rigaut:

> Não há motivos para viver, mas tampouco há motivos para morrer. Desejaria, senhor diretor, que, por meio desta carta, os jovens de sua cidade compreendessem que a única maneira de mostrar nosso desdém pela vida é aceitá-la. A vida não merece que tenhamos o trabalho de deixá-la... O suicídio é muito cômodo, exageradamente cômodo: eu não me suicidei. Resta um pesar, o de não partir sem antes ter certeza de que levo comigo a estátua da Liberdade, o amor ou os Estados Unidos. Envio, nestas páginas, meu mais enérgico protesto frente a essa absurda onda de suicídios nas pontes. Jovens de Nova York, se querem abandonar a vida, elejam hotéis suntuosos. Há hotéis que, francamente, são muito literários. No mais, o mundo das letras repousa nos hotéis da imaginação. Na Europa sabe-se disso há muito tempo e só são considerados elegantes os suicídios no Ritz.

A publicação dessa carta causou efeito contrário ao desejado por Skip Canell e aumentou escandalosamente o número de suicídios e de cartas aos juízes. Ficou célebre a que escreveu o sobrinho favorito de Skip Canell: "Senhor juiz, tenho o prazer de lhe comunicar que escolhi para me suicidar o dia em que, devido à morte de meu tio, herdo uma grande fortuna".

Segundo Man Ray, a carta de Rigaut os ajudou a descobrir um novo traço tipicamente shandy: a recusa radical de toda ideia de suicídio e, ao mesmo tempo, de qualquer tresnoitado tique romântico: "O texto de Rigaut revelou que, entre nós, apenas ele era partidário do suicídio. Nós, os demais, tínhamos muita clareza de que um hidroavião, por exemplo, era um milhão de vezes mais fascinante do que cabelos ao vento ou a indigestão suicida de Heinrich von Kleist nas verdes margens do Wannsee".

De repente, um dos suicídios nova-iorquinos abalou Rigaut. Seu melhor amigo na cidade, que era recepcionista do Ritz, se enforcou no saguão do hotel. Triste e envergonhado, Rigaut pegou sua maleta e voltou apressadamente a Paris, onde se tornou um homem pesado, cuja sombra, errante e volumosa, circulava pelas ruas de Montmartre tentando desesperadamente retardar um suicídio que a cada dia lhe parecia mais inevitável. Ia de hotel em hotel, acompanhado de uma bela mulher negra, Carla Orengo, e arrastando sempre um pesado baú que, na realidade, era uma escrivaninha com duas estantes para calhamaços, três gavetas para documentos, mais um compartimento para a máquina de escrever e uma mesa dobrável. Man Ray acha que o peso daquele baú, que Rigaut sabia que não era portátil, pode ter sido uma das causas por que se decidiu, por fim, se suicidar, escolhendo para tanto o Grande Hotel da cidade de Palermo.*

Foi no final de 1926 que Rigaut se instalou nesse hotel, depois de ter tomado medidas para nunca mais voltar a Paris. Nas gavetas de seu baú-escrivaninha havia todo tipo de barbitúricos, que ele ingeria sem parar, afogado numa grande orgia de pílulas, tentando se matar ou que o matassem, como se tivesse encontrado o gosto da morte, da qual antes sentia certo temor.

Na manhã em que devia deixar o hotel para um tratamento de desintoxicação em Kreuzlingen, ele foi encontrado morto. Apesar de sua fraqueza, que era extrema, havia se arrastado com seu colchão até a porta que dava para o quarto de Carla Orengo. Esta porta costumava ficar aberta, mas foi encontrada fechada à chave. Um último gesto sobre o colchão, tão grotesco quanto indecifrável.

Man Ray conta que, quando a notícia chegou a Paris, os shandys pensaram que deviam evitar no futuro qualquer outra veleidade suicida no seio da sociedade secreta, e então

* O nome correto é Grand Hotel et des Palmes. A partir do suicídio de Rigaut, tornou-se um lugar de peregrinação para todos que detinham o segredo portátil. Hoje pode ser visitado, e vale a pena fazê-lo, pois apresenta ainda outros interesses históricos; por exemplo, ser um claro reflexo do capítulo de esplendor e miséria da Sicília da transição dos Savoia para a República. Devo advertir, no entanto, que o hotel é dirigido por uma comunidade de elefantes acadêmicos, que mostram aos visitantes apenas o quarto em que Wagner se hospedou e agem como se Rigaut nunca tivesse estado lá.

divulgaram uma série de textos, destacando quão insuperável havia sido aquele suicídio; pensaram que, se o tratassem como impossível de ser aprimorado, os futuros portáteis abririam mão da ideia de competir com Rigaut em matéria de suicídio. Blaise Cendrars, por exemplo, escreveu: "No hotel de Palermo, a chave, o ferrolho e aquela porta fechada formaram, naquele instante e, sem dúvida, para sempre, um triângulo enigmático em que a obra de Rigaut nos era oferecida e negada ao mesmo tempo. De qualquer forma, um suicídio insuperável. Recomendo a meus amigos que não tentem aprimorá-lo, pois é tarefa impossível, e não há nada pior do que se matar, expor-se ao ridículo e, para completar, nem mesmo saber se conseguiu".

Mas na opinião de Maurice Blanchot, que em *Faux pas* analisou de forma breve, mas lúcida, o fenômeno portátil, a proliferação de textos que tentavam erradicar o suicídio não buscava, na verdade, convencer o leitor, mas principalmente o próprio autor do texto. É bem provável que, em alguns casos, seja assim; vê-se isso claramente, por exemplo, em *E o colchão?*, poema que o príncipe Mdivani escreveu num submarino imóvel. Sua pena deve ter tremido ou ele enlouqueceu ou simplesmente tinha verdadeiro pânico de sofrer a tentação do suicídio. De qualquer forma, escreveu estes versos impublicáveis, dedicados aos barbitúricos de Rigaut: "*Phanodorme, Variane, Rutonai./ Hipalène, Acetile, Somnothai./ Neurinase, Veronin, Good bye*".

Paul Morand, que nunca perdeu o humor, interpretou esse poema como "algo realmente genial, pois me fez descobrir a possibilidade de cometer o suicídio no próprio espaço da escrita".

Cometer o suicídio no próprio espaço da escrita. O que nasceu como um comentário irônico acabou se transformando em um princípio aceito por todos os membros da sociedade secreta. E ficou bem claro que, daí em diante, o suicídio só poderia ser cometido no papel. Antonin Artaud, por exemplo, respondeu assim a uma pesquisa surrealista em que os interrogados deviam dizer o que achavam da ideia de tirar a própria vida: "Mas o que você diria de um suicídio anterior, um suicídio que nos fizesse regressar, mas para o outro lado da existência, e não *para o lado da morte*? Só isso teria valor para mim. Não tenho apetite pela morte, eu sinto o apetite do não ser, de nunca ter caído nesse reduto de imbecilidades, de abdicações, de renúncias e de encontros obtusos [...]".

Embora, como vimos, o drama de todo shandy inicialmente fosse compreender que havia tombado para o lado da morte, logo se percebeu que o suicídio não era solução nem nada, e que só poderia ser cometido no próprio espaço da escrita, de fora, como veremos, recorrendo ao silêncio mais radical, ou então se convertendo num personagem literário, ou traindo a própria linguagem, ou bebendo licores fortes como metal fundido, ou vagando em busca de um delírio ou uma ilusão de óptica, ou alguma espécie de miragem: soluções portáteis para todos os gostos, num esforço geral de deixar de lado aquele idioma da morte que, dois anos antes de passear com um baú, e como se fosse um fardo, por Montmartre, Rigaut havia descoberto em meio às paisagens da África, lá em Port Actif, onde parece que tudo começou.

A festa em Viena

Eu fui convidado de verdade.
Scott Fitzgerald, *O grande Gatsby*

Nos primeiros dias de 1925, o músico George Antheil apareceu, com força transbordante, no campo de ação dos primeiros shandys e, trazendo notícias sobre a Nicotecnia (uma ciência inventada pelo próprio Antheil, que consistia, segundo ele, numa fonte de sabedoria portadora da certeza de que não há a mais remota possibilidade de que exista uma sociedade secreta bem-sucedida), semeou o desconcerto e um certo desânimo entre os portáteis. Então Antheil publicou, em meio à confusão que ele mesmo havia criado, um curioso opúsculo* que teve a virtude de reanimar os

* *A Nicotecnia desmentida.* Por se tratar de texto sem maior interesse, não incluo sua referência na bibliografia essencial que o leitor encontrará nas páginas finais deste *História abreviada.* Há uma versão espanhola pela Janés Editor, Barcelona, 1951, em tradução grosseira de Venancio Ramos; tem certo interesse um capítulo exaltado em que se elogia o tabaco.

shandys e fazê-los entrar numa espécie de euforia secreta, bastante criativa e de extraordinárias consequências, tais como um texto brilhante do fracassado Anthony Typhon, em que elogiava o Desconcerto como fonte inesgotável de novas e estimulantes sensações.

É bom dizer que o desconcerto íntimo de Anthony Typhon era tão grande que o levou a eliminar os agás de seu nome e ainda propor condecorar George Antheil, o que lhe valeu a imediata expulsão do grupo, já que, se havia algo que horrorizava a todos os shandys, sem exceção, era qualquer tipo de insígnia, medalha ou distinção.

Typhon fugiu para a Martinica, onde abriu uma papelaria num povoado em que ninguém escrevia, fora ele, que acabou arruinado ao consumir sua própria mercadoria. De vez em quando escrevia cartas a Antheil, pedindo perdão num tom que parecia de uma sinceridade extraordinária, mas que era sempre desmentido no final, quando, sem nunca falhar, incluía o mesmo pós-escrito de sempre ("Ultimamente trabalho no aperfeiçoamento do jogo do Amor, utilizando resina") e assinava Typ(h)on, imitando cinicamente o desenho de uma insígnia ou medalha.

George Antheil, que anos mais tarde comporia o polêmico *Ballet Mécanique* (música shandy por excelência), se acostumou a receber as cartas de Typhon e a elas não dedicar mais do que um minuto de seu tempo, já que a sociedade portátil lhe ocupava as vinte e quatro horas do dia. Foi Antheil, por exemplo, quem encontrou o lugar ideal para as primeiras reuniões secretas: a livraria Shakespeare and Company, no número 12 da Rue de l'Odéon e dirigida por Sylvia Beach.

George Antheil morava no apartamento de dois quartos que havia em cima da livraria e costumava entrar em casa pela janela, escalando shandianamente a fachada do estabelecimento. Conforme conta Sylvia Beach em seu medíocre livro de memórias, todas as sextas-feiras os portáteis se encontravam na livraria e, de vez em quando, um ou outro novo membro da sociedade se juntava a eles. Antheil era o mestre de cerimônias. E, ao que parece, foi também o autor do método de encontrar artistas portáteis pelas ruas de Paris. Ao longo de um ano, Antheil andou pelos cafés de Montparnasse e de Saint-Germain compartilhando, em perfeito silêncio e com gestos de conspirador, o alfabeto manual dos surdos. Junto com o alfabeto havia instruções à primeira vista incompreensíveis: doze frases que só faziam sentido para aquele que se desse conta de que, lendo verticalmente a primeira letra de cada uma das frases, elas formavam um endereço: SEPT RUE ODEON.

Por outro lado, a primeira das frases, escrita em espanhol, despertava certo interesse se alguém, para se entreter, percebesse a palavra que as letras maiúsculas formavam: *Si Hablas Alto Nunca Digas Yo*.

Ou seja, SHANDY.

Deve-se levar em conta que, mais do que uma referência ao livro de Laurence Sterne, a palavra shandy remetia a um significado etílico. Em Londres, o shandy é uma bebida comum, que consiste numa cerveja amarga misturada com limonada ou cerveja de gengibre. No verão, tomar uma caneca de shandy com gelo acalma a sede.

Enfim, o endereço de uma casa na Rue de l'Odéon e a palavra shandy. Aqueles que desvendavam isso entendiam que, por vias misteriosas, estavam convidados a beber shandy numa casa. E não demoravam em se aproximar, curiosos, dos arredores do número 7 da Rue de l'Odéon. Ali, Blaise Cendrars lhes fazia uma sincera pergunta: "Você é surdo?". "Sim", geralmente respondiam. Blaise Cendrars apontava, então, a livraria de Sylvia Beach e, com inconfundível ritmo de conspirador, se afastava lentamente enquanto dizia: "Como pode ver, não é o número 7, mas o 12. Na sexta, às oito, o esperamos".*

Entre os shandys descobertos na rua por Antheil e Cendrars, destacou-se, desde o primeiro momento, Valery Larbaud, que foi o primeiro grande animador das primeiras jornadas mundiais de surdos que aconteceram na Shakespeare and Company.

Valery Larbaud era o artista portátil por excelência. Sua sexualidade era extrema e ele rechaçava radicalmente qualquer ideia de suicídio. Além do mais, era notável sua tensa convivência com o duplo, assim como sua simpatia pela negritude, seu perfeito funcionamento de máquina celibatária, sua ausência de grandes propósitos, seu cultivo da arte da insolência e seu gosto por viajar com uma maleta onde carregava sua obra leve, rarefeita.

* Os números 7, 12 e 8 somam 27, que, como se verá mais à frente, era o número shandy por excelência.

Como se vê, um shandy muito completo. Era o típico homem mundano e culto que, sem desdenhar nenhuma particularidade, aspirava a uma cultura internacional sem fronteiras, a um mundo de grandes horizontes e grandes origens, belo ideal do entreguerras.

Conta-se que sua vocação de viajante foi precoce: adorava o cheiro do couro, os trens, a paisagem sucessiva que parecia imóvel e, apesar disso, ficava para trás. Tinha apenas cinco anos quando atravessou a primeira fronteira, entre a França e a Suíça, e o assombrou não ver a linha vermelha e lilás que, nos mapas, tão atentamente esmiuçados e que foram seu primeiro jogo, marcava o limite entre os dois países.

Era também, como bom portátil, um entusiasta das miniaturas. Em suas memórias, Sylvia Beach conta que ele possuía um imenso exército de soldadinhos de chumbo e que reclamava que eles estavam começando a invadir todos os cômodos da sua casa, embora nada fizesse para evitá-lo: "Aqueles soldadinhos talvez tivessem relação com outra de suas imensas coleções, a de flâmulas; eram azuis, amarelas e brancas como os pares de suas camisas e gravatas. Sempre que estava em sua casa de campo, as mantinha penduradas no teto, embora não costumasse ir muito para lá, pois preferia ficar em Paris ou viajar para outros lugares".

Foi também um viajante das palavras: "Tenho a mania de dar corda nos relógios, de acertar as horas, de colocar as coisas em seus lugares, de lustrar tudo que é opaco e levar para a luz tudo que foi relegado à sombra, de consertar e limpar velhos brinquedos da civilização esquecidos nos sótãos [...]".

Foi num desses sótãos que escolheu a frase que viria a ser o juramento para ingressar na sociedade secreta. Tratava-se de uma citação do *Tristram Shandy*: "A seriedade é uma misteriosa atitude do corpo para ocultar os defeitos da mente".

E, se acrescentarmos a tudo isso sua paixão pela descoberta de territórios literários inéditos e com jeito de portatilismo (Savinio, Littbarski, Gómez de la Serna, Stephan Zenith e um juveníssimo Borges foram, entre outros, descobertos por ele e convidados a entrar na sociedade secreta), obtém-se, em linhas gerais, o retrato desse autor cuja figura, ainda que à contraluz do panorama cultural do século, é fundamental se quisermos entender algo sobre como a literatura portátil se consolidou, pois foi Larbaud o organizador da festa shandy que aconteceu em Viena em março de 1925.

Um mês antes, Larbaud foi à cidade investigar se era factível celebrar naquele local uma festa que, por seu caráter ultrassecreto, exigia condições especiais. Para o viajante ilustrado que chegasse a Viena naqueles dias, o homem mais importante e severo que vivia na cidade era Karl Kraus. Ninguém tinha a menor dúvida disso. Tratava-se de um escritor que atacava tudo que havia de mal e podre. Editava uma revista que ele mesmo escrevia, sozinho. Considerava inoportuno tudo que lhe enviavam, não aceitava colaborações, nem respondia às cartas. Cada palavra, cada sílaba de *Die Fackel* saía de sua própria mão. Tudo o que citava era rigorosamente exato; até então nunca existira semelhante escrúpulo na literatura. Preocupava-se escrupulosamente com cada vírgula, e quem quisesse tentar encontrar algum erro em *Die Fackel* podia se torturar por semanas à procura. O mais sensato era nem tentar.

Aconteceu, porém, que pouco antes da chegada de Larbaud a Viena, um jovem escritor insensato chamado Werner Littbarski se propôs, junto com Virgilio, seu criado negro brasileiro, a encontrar esse erro e, após dias e noites sem dormir, o encontrou. Celebrou o achado com champanhe, junto com Virgilio, imaginando receber a visita de uma multidão de amigos, cujas vozes e gritos imitou com notável estrondo, incomodando mais uma vez os vizinhos que, já havia algum tempo, sabiam que essa era a grande especialidade de Littbarski: fingir que dava festas que reuniam multidões em sua casa.

Nos dias que se seguiram à triunfal descoberta do erro, Littbarski, ao editar na velha prensa de seu pai uma revista antikrausiana intitulada *Ich vermute*,* contribuiu para reforçar entre a vizinhança sua fama de louco. O primeiro e único número da revista continha vinte e quatro páginas, todas escritas por Littbarski, exceto por um artigo de opinião que, redigido por Virgilio, começava assim: "Hoje deixei de ter qualquer opinião sobre o que for". Na revista de Littbarski podiam ser encontrados insultos a Kraus, piadas de gosto duvidoso, anúncios de licores fortes, cartões-postais indianos, misteriosos salvo-condutos, contos

* Uma edição fac-similar com o título de *Suponho* (discutível tradução de *Ich vermute*) foi incluída no número CCLXXI de *Papeles de Son Armadans*, Palma de Maiorca, outubro de 1979.

pornográficos, desenhos de presas de elefantes, vinhetas cômicas protagonizadas pela avó de Kraus e, por fim, uma obscena demonstração de agressividade ilimitada.

Viena inteira se compadeceu de Littbarski, pois, se antes, por simular festas, já se comentava que era louco, agora, para completar, pretendia caçoar de Karl Kraus, o que só poderia lhe trazer desgostos e um maior descrédito social e intelectual.

Mas logo que Valery Larbaud, em sua missão de embaixador secreto dos shandys, chegou a Viena, viu em Littbarski o anfitrião ideal que os portáteis buscavam para a festa internacional que devia ser celebrada longe de Paris e de outros centros nevrálgicos do shandismo e que, além disso, devia passar incógnita aos olhos dos cidadãos que não tinham nada a ver com o movimento secreto dos portáteis.

Desde o primeiro momento, estava claro para Larbaud que uma daquelas festas simuladas de Littbarski poderia encobrir uma festa real, repleta de conspiradores vindos de todas as partes do mundo, cuja presença em Viena podia passar perfeitamente despercebida se conseguissem se dispersar a tempo na névoa do amanhecer.

Larbaud, convencido de que aquela energia de Littbarski, tão improdutiva quanto louca e portátil, podia ser facilmente canalizada na direção do luxuoso e inútil planeta shandy, lhe enviou uma carta em que, numa mensagem um tanto confusa, acabava por oferecer – era a única coisa clara na carta – uma chave secreta que produzia novas amizades e relacionava entre si os membros de uma pequena sociedade clandestina que aumentava imperceptível e implacavelmente.

"Entendo, amigo", respondeu Littbarski, "entendo. E saiba que sua chave me interessa. Abre a porta de uma daquelas lojas* que, desde minha infância, mudaram pouco, menos do que outras coisas. Ainda me sinto ligado a elas e não apenas por isso, mas também pelo consolo que emana de sua condição de inabitáveis para quem tenta se fixar em alguma parte. Nelas, as moradas têm limites. Viena nasce nelas e eu nasci em Viena para fazê-las renascer.

PS: De fato, sou solteiro e meu criado é negro."

Larbaud teve a impressão de que Littbarski havia jogado com o duplo sentido da palavra loja – em Viena eram também galpões com cúpulas de vidro, onde se guardavam os objetos inúteis das casas – e que procurou indicar que havia captado perfeitamente a oferta de uma chave de contato com a literatura portátil, ou seja, com uma literatura que não existia, pois nenhum dos shandys sabia no que ela consistia, mesmo que paradoxalmente fosse isso que possibilitasse a existência daquele tipo de literatura em cujo ritmo bailavam os membros de uma sociedade secreta que conspirava para nada e a partir de nada.

Pelo que sei dos preparativos da festa em Viena – e certamente não sei muito, pois só encontrei referências no que Miriam Cendrars conta em *Inédits secrets* –, uma dessas lojas tão tipicamente vienenses foi o cenário do primeiro

* No original, "logias", que significa "lojas maçônicas". [N.T.]

encontro entre Littbarski e Larbaud: um encontro em que o escritor vienense decidiu romper seu silêncio de anos a respeito de um estranho romance que estava escrevendo e que se intitulava *Os disparos do solteiro* (hoje, uma raridade), texto em que vinha trabalhando desde tempos remotos, concretamente desde quando ainda fazia uso da razão. O que realmente tornava o romance peculiar não era o tempo que fora investido nele, mas o fato de que o próprio autor reconhecia que em todo esse tempo não havia escrito mais do que uma única página aceitável: uma miserável folha encharcada de vinho, que mostrou a Larbaud, que, se armando de paciência, leu:

> Entediado, o pequeno Hermann estava olhando pela janela da portaria controlada por seus pais quando um menino, que nunca tinha visto antes, se plantou diante dele e, com um gesto que lhe pareceu descarado e desafiador, derramou alegremente sobre a calçada todo o conteúdo de uma garrafa de champanhe francês. Hermann nunca o perdoou por isso.

E, quando Larbaud, por pura cortesia, se interessou pelo argumento do romance, recebeu a seguinte resposta de Littbarski: "É a história de Hermann, um homem que desperdiça sua vida se dedicando a odiar, de forma gratuita, uma pessoa cujo único delito, se houve, foi o de esvaziar, quando criança, uma garrafa de champanhe. Hermann se entrega de corpo e alma à tarefa de arruinar a vida de seu inimigo, chegando, inclusive, a permanecer solteiro para, assim, não perder um minuto sequer de seu tempo com outros assuntos que não fossem a perseguição implacável do perdulário do champanhe francês. De vez em quando, Hermann efetua disparos certeiros sobre a vida do outro, ou seja, intromissões bem-sucedidas no mundo de seu inimigo (rouba-lhe a mulher, denuncia seus negócios, esquarteja sua mãe, mata seu cão, queima sua casa etc.), breves, mas certeiras rajadas disparadas de lugares em que o pobre homem odiado não pode vê-lo: um pobre homem odiado que atravessa o livro de sua vida entre perplexo e assustado ao ver que nem o peso dos anos diminui o ódio em relação à sua pessoa da parte de alguém que desconhece e de quem sabe apenas que, atuando às escondidas, se dedica com especial obstinação e notável êxito a lhe amargar a vida".

Quando terminou de falar, Larbaud perguntou o que Karl Kraus lhe fizera na infância para que o odiasse daquela forma. A pergunta não surpreendeu Littbarski e ele respondeu assim: "Derramar champanhe sobre minha razão. Acha pouco?". Larbaud preferiu pensar que tinha acabado de ouvir uma metáfora e passou a falar do que realmente lhe interessava; propôs a organização de uma festa que reuniria em Viena os mais importantes integrantes da sociedade secreta. "Virão de todas as partes", disse Larbaud, "e a única coisa realmente necessária é que não sejam descobertos pelos cidadãos vienenses." Dito isso, pediu para trocarem as maletas que cada um levava: um pedido enigmático que foi aceito por Littbarski e que nem Miriam Cendrars consegue explicar: "Sempre que me falava dos preparativos da festa, Larbaud emudecia ao chegar a esse ponto. Falar da troca das maletas significava deixar Larbaud incomodado e nervoso. Ele nunca quis me dizer o motivo daquela troca. Talvez, se algum dia alguém decidir investigar a fundo toda a história tão desconhecida da existência da sociedade secreta portátil e escrever um livro sobre ela, poderei entender o mistério da troca das maletas. Espero que isso aconteça e que eu descubra o que houve. Por enquanto, na falta de maiores informações, me limito a suspeitar que o silêncio de Larbaud devia-se ao fato de haver algo muito importante naquelas valises".

Lamento por Miriam Cendrars, mas foi impossível descobrir a verdade sobre a troca das maletas em Viena. Em todo caso, gostaria de lembrar à senhora Cendrars que os shandys nunca se acreditaram importantes, como também nunca carregaram nada importante em suas leves bagagens, apenas obras miniaturizadas que refletiam, todas e sem exceção, seu absoluto desdém por tudo que se considera importante, grave, fundamental. E que ninguém veja em minhas palavras uma manobra dispersiva para ocultar meu fracasso nas investigações. Acho que, simplesmente, o assunto das maletas não é um enigma nem uma questão relevante e que, de fato, nem sequer a história da sociedade portátil é.

Volto ao relato. Após a troca de maletas, Littbarski se mostrou entusiasmado ante a perspectiva da festa e explicou que sua casa reunia condições muito favoráveis para ser evacuada em dois minutos se as circunstâncias assim o exigissem. Uma porta nos fundos, escondida há séculos pela trepadeira e totalmente desconhecida dos vizinhos. Melhor impossível, deve ter pensado Larbaud. E ali mesmo acertaram a data em que se celebraria a festa. Aconteceu em 27 de março de 1925, e foi "uma explosão de palavras estelares e cerejas de saudações vagabundas", nas palavras de um dos convidados, Vicente Huidobro, que, em seu diário, apresentou este resumo:

> Noite de lua cheia em Viena, quando tudo é como é em cada olho. Dinastia astrológica e efêmera caindo de universo em universo. Estava o estado maior da infame turba portátil. Explosão de disfarces, artifícios e gôndolas vienenses. Uma verdadeira explosão de palavras estelares e cerejas de saudações vagabundas. Bebidas, astros apartados. Os planetas amadureciam no planetário, e nossos olhos viam a raiz dos pássaros, o mais além das ninfeias e o ante aqui das borboletas. Pelo mar da emboscada noturna dos astros navegava o barco de nossos segredos. E Paris era este leque: Duchamp, Scott Fitzgerald, Dalí, Man Ray, Larbaud e Céline. Ah!, e George Antheil. Peru era pura esgrima: César Vallejo. Garçom: o negro Virgilio. Neves de antanho escalavam a loja de Nova York: a maravilhosa Georgia O'Keefe, Pola Negri, Skip Canell e Stephan Zenith. Espanha ou Juan Gris, e Rita Malú recém-casada em Havana. O príncipe Mdivani na névoa e, entre os cristais da boêmia, Gustav Meyrink. Os véus de Savinio na Cidade Eterna e Tristan Tzara com mel de osso envenenado em Zurique. Berta Bocado ou a agulha de suas sedas. E Walter Benjamin e a vertigem interna de Gombrowicz, e o arco-íris dos pianistas-bundões dos vizinhos irritados. Huidobro não estava.

Quem realmente não estava era Francis Picabia, que, paradoxalmente, foi quem mais escreveu sobre a festa vienense. Apesar de não dar os nomes dos participantes da reunião, diz que eram exatamente 27 e, em seguida, nos informa que 27 era o número shandy por excelência: "Eram 27 os anos que Stephan Zenith completava naquele 27 de março em Viena. E 27 também foram os anos que Rita Malú esteve internada num remoto manicômio somali. A intervenção de poetas da geração espanhola de 27 destruiu a viagem estelar dos portáteis. Num 27 de dezembro me casei. Um quadro de Paul Klee dedicado ao número 27 sintetiza admiravelmente a luz e a sombra da sociedade secreta; pode ser visto na casa da condessa de Vansept, que vive no 27 de uma rua de Paris e tem 27 netos etc.".

No relato de Picabia sobre a festa, a descrição dos últimos minutos é especialmente interessante, pois nela encontramos, por exemplo, um Scott Fitzgerald bem distante daquela imagem alcoolizada que costumamos ter dele: "Havíamos engatado uma estupenda conversa sobre nossos gostos artísticos e todos concordávamos que na literatura preferíamos o breve e que até os livros inspirados, nós os preferíamos curtos. Imediatamente vimos que Scott tinha os olhos brilhantes e que uma espécie de rara exaltação parecia ter se apoderado dele. Parecia em estado febril e experimentava certa dificuldade ao falar de literatura. O monóculo que havia tirado de Tzara caía constantemente e o gesto que fazia para recolocá-lo era cada vez mais tenso. Intrigados, decidimos observá-lo mais de perto e então vimos que, a seu lado, havia uma caixinha de ouro, sobre a qual se inclinava a todo momento, dizendo que estava gripado. Percebemos que ele havia trocado a literatura pelos jogos de inverno, ou seja, que seu nariz deslizava pela branca neve da mais pura das cocaínas".

Com tudo isso, e enquanto os vizinhos (que já suspeitavam que tamanho escândalo não podia, dessa vez, ter sido armado por um homem só) chamavam a polícia, Valery Larbaud comunicou a Littbarski seu desejo de fazer uma edição comentada de sua patética folha encharcada de vinho, o que foi muito celebrado por todos os presentes, especialmente pelo negro Virgilio, que, tomado por uma extraordinária euforia que confirmava que todos os garçons se embebedam, pegou a velha espingarda de meio cano de seu amo e, a modo de salvas triunfais, efetuou quatro disparos contra o teto que puseram em fuga todos os portáteis, à exceção de Scott Fitzgerald, que ficou fazendo companhia a Littbarski. Este, pelo que se via, estava visivelmente contrariado com o comportamento de seu negro.

Scott Fitzgerald se sentou lentamente num sofá e, quando os vizinhos e a polícia entraram na casa, acendeu um cigarro de tabaco Virgínia e, fingindo, entre copos quebrados, que jogava uma partida de xadrez com seu anfitrião, disse num tom extraordinariamente exaltado:

– Eu fui convidado de verdade.

E não teve dúvida em usar a frase no romance que estava escrevendo naqueles dias.

Labirinto de odradeks

É tão intensa esta lembrança, que sempre a evoco no presente: sentado no terraço de um café de Portbou, vendo cair a tarde do último dia do verão de 1966, Marcel Duchamp me fala da festa de Viena, dos disparos do negro Virgilio e da sociedade shandy, cuja existência até então eu desconhecia por completo. O terraço do café fica muito perto da pensão em que, há 27 anos, Walter Benjamin se viu obrigado a deixar a vida.

Bebendo *pastís*, Marcel Duchamp me fala com émoção do involuntário suicida e me explica que a história dos portáteis teria tomado rumos muito diferentes se não fosse pela decisiva e providencial intervenção de Walter Benjamin no amanhecer nevoento em que os shandys, fugindo da casa de Littbarski, começavam a se dispersar, totalmente desorientados, por uma Viena fantasmática em que, de repente, o reboque de um muro demolido assumia o aspecto de um homem caminhando e as figuras que o gelo desenhava formavam traços de rostos rígidos.

Nesse momento de pânico e dispersão, ao ver que os shandys fugiam para as mais variadas direções e que isso podia dificultar enormemente seu reagrupamento, Walter Benjamin conseguiu dar uma ordem e convocou a todos para que fossem à cidade de Praga, recomendando que se alojassem em pensões do bairro de Gustav Meyrink e tentassem, por meio de encontros fortuitos pelas ruas, colocar-se novamente em contato.

Nenhum shandy esqueceu aquela ordem lançada no ar em meio a uma fuga desesperada, e isso permitiu que a viagem shandy continuasse: uma viagem que claramente era um movimento inútil, pois não se perseguia um fim ou um objetivo determinado. Eram como peregrinos medievais para quem o principal era a viagem, e pouco importava se chegassem a Canterbury, Jerusalém ou Compostela. Queriam viajar contando histórias uns aos outros.

A aproximação da tramontana nos faz entrar no café, onde abro uma garrafa de champanhe, cuja rolha, depois de golpear violentamente o teto, rebate na parte superior de um móvel e acaba parando em perfeito equilíbrio na ponta do varão da cortina. Os clientes ficam surpresos diante de tal acontecimento e o dono do bar proíbe que toquem a rolha, pois quer mostrá-la para todos. Duchamp, sorrindo, me diz que aquela rolha é meu odradek. É a primeira vez que ouço aquela palavra e pergunto o que significa. Duchamp, então, num tom muito confidencial, me inicia num dos aspectos mais enigmáticos do shandismo: a existência de certos inquilinos negros que se hospedaram nos labirintos interiores de todos os portáteis.

Parece que foi no infinito labirinto da cidade de Praga que os inquilinos negros, também chamados de odradeks, começaram a se revelar. Como consequência da tensa convivência com a figura do duplo, cada shandy hospedava em seu interior um desses inquilinos negros que, em muitos casos, haviam sido, até então, acompanhantes discretos dos portáteis, mas que em Praga começaram a se tornar exigentes e assumiram variadas formas, algumas delas humanas.

Sozinhos ou aos pares, os portáteis foram chegando a Praga. E ao se hospedar em pensões do bairro judeu, começaram a sentir a presença cada vez mais ativa dos inquilinos negros, a angustiante sensação de que seu mais verdadeiro e próprio interior lhes era arrancado premeditadamente e contra sua vontade, apenas para que a figura do fantasma pudesse assumir forma plástica.

Skip Canell, em suas memórias, fala assim de seu inquilino negro, que era nada menos do que um engolidor de espadas: "Pouco depois de chegar a Praga, sentado em minha improvisada mesa de trabalho numa pensão do centro, ouvi a porta de meu quarto se abrir. Me virei pensando que algum companheiro havia me localizado, e então vi eu mesmo entrar no quarto, se aproximar e se sentar à mesa que tinha diante de mim, apoiar a cabeça na mão e pôr-se a ditar o que eu escrevia. Passamos horas assim até que, por fim, me atrevi a perguntar quem era. Me disse que era um engolidor de espadas e grande amante das adagas. Fomos jantar no refeitório da pensão e lá aconteceu algo realmente assombroso: o pobre engolidor de espadas engoliu distraidamente um garfo e tive que levá-lo a um hospital, onde, após uma operação espetacular, um médico extraiu o objeto. Depois disso não voltei a vê-lo, mas tenho a impressão de que gira ao meu redor e que, a qualquer momento, pode voltar a aparecer".

Em outra pensão do bairro judeu de Praga, o pintor espanhol Juan Gris anotou em seu caderno de música: "Nesta cidade, enquanto espero para me encontrar com alguns de meus amigos, me sinto profundamente aturdido. Nas velhas casas deste bairro, noto movimentos espectrais e, não sem assombro, percebi quais são os verdadeiros donos do beco onde estou. São estranhos personagens, que se parecem com sombras: seres (não nascidos de uma mãe) cujo pensamento e maneira de agir são feitos de retalhos sem nenhuma relação. Quando passam por meu espírito, me sinto mais inclinado que nunca a acreditar que os sonhos têm sua própria morada; penso que habitam ou se escondem em obscuras verdades que, quando estou desperto, permanecem latentes em minha alma, como impressões muito vivas de contos em cores".

Também Stephan Zenith descobriu, ao chegar em Praga, que hospedava um inquilino negro, cuja forma, neste caso, não era exatamente humana. Aterrado, decidiu abandonar a cidade, mas antes deixou este interessante bilhete a Gombrowicz, que era seu companheiro de quarto:

> Vou embora porque tenho medo de mim mesmo e claro que Praga contribui poderosamente para isso. Despeça-se por mim dos companheiros se chegar a encontrá-los, e diga a eles que forças maiores me obrigam a voltar a Nova York. Gostaria que soubessem que me diverti muito na festa, até o ponto em que o negro enlouqueceu. Como disse a você, vou embora porque tenho medo de mim mesmo, creio que se hospeda em meu interior, e às vezes fora dele, algo parecido

com um carretel de linha negra que tenta me fazer dizer coisas que não penso nem jamais pensarei. É um carretel em forma de estrela; e, na verdade, parece estar coberto de fios; claro que são fios embaraçados, velhos, enodados uns com os outros, do mesmo tipo, mas também embaraçados e enodados com fios de outros tipos e cores.

Mas não é simplesmente um carretel, pois do centro da estrela emerge um pauzinho perpendicular, e a este se junta outro, de ângulo reto. Com esse pauzinho por um lado, e um dos raios da estrela pelo outro, o conjunto pode se manter de pé, como se estivesse sobre duas pernas. Muitas vezes, quando alguém sai pela porta da pensão e o vê apoiado exatamente abaixo, na escada, sente vontade de falar com ele. Naturalmente, a pessoa faz uma pergunta que não seja difícil, ou melhor, o trata (talvez por conta de seu pequeno tamanho) como um menino.

– Olá, como você se chama?

– Odradek – ele responde.

– E onde mora?

– Domicílio desconhecido – diz e ri; claro que é o riso de alguém que não tem pulmões, pois soa mais ou menos como o sussurro das folhas caídas... Tenho medo, Witold, e por isso vou andando. Talvez longe de Praga eu perca de vista o meu odradek.

Por causa desse texto, os inquilinos negros não demoraram a ser chamados, em gíria shandy, de odradeks. Ainda na mesma Praga, Antheil e Kromberg ecoam o texto de Zenith e falam diretamente de odradeks, ao se referirem a seus respectivos inquilinos negros. No caso de George Antheil, o odradek não era um carretel de linha, mas um alfinete cravado num cinto, enquanto no caso de Hermann Kromberg deixou de ser um objeto minúsculo para se converter novamente numa figura espectral.

"Compreendi aqui em Praga e, conforme vou reencontrando os amigos", escreveu Antheil, "que só as sensações mínimas e de coisas pequeniníssimas são as que vivo intensamente. Talvez isso aconteça por causa do meu amor ao fútil. Pode ser por minha meticulosidade em relação ao detalhe. Mas acredito ainda – não sei, nunca analiso estas coisas – que é porque o mínimo, por não ter em absoluto nenhuma importância social ou prática, tem, por causa dessa mera ausência, uma independência absoluta de associações turvas com a realidade. O mínimo – e meu odradek é assim – me soa sempre irreal. O inútil é belo porque é menos real que o útil, que continua e se prolonga; ao passo que o maravilhoso fútil, o glorioso infinitesimal, fica onde está, continua a ser o que é, vive livre e independente. Como a simples existência de meu odradek, que é esse alfinete que tenho aqui, cravado em meu cinto. O mistério nunca se mostra tanto quanto na contemplação das pequenas coisas que, ao se moverem, são perfeitamente translúcidas para ele, pois se detêm para deixá-lo passar."

Diferente disso, o odradek do escritor alemão Hermann Kromberg não era exatamente uma miniatura, mas, como já disse, uma figura espectral, alguém que fingia ser um poeta e que se infiltrou entre os portáteis, viajando com eles para Viena e, posteriormente, para Praga, onde se instalou no mesmo hotel de Kromberg. Trata-se do terrível Aleister Crowley, que muitos conhecerão como amigo de Pessoa, mas que, além disso, era montanhista, satanista, filósofo, domador de leões, pornógrafo, ciclista, viciado em heroína, enxadrista, espião e ocultista, ou seja, um odradek muito ativo, como demonstra o fato de que obrigara o sedentário Kromberg a se deslocar de Viena a Praga. Nesta cidade, raptou Kromberg, e usando de artimanhas, o obrigou a se iniciar na magia sexual e a escalar o pico mais alto da Caxemira.

"Que faço eu aqui na Caxemira", escreveu desesperado Kromberg em seu diário de viagem, "se nada me agrada mais do que o calor do lar e receber, de países longínquos, cartas de meus amigos nômades? Nunca desejei me reunir com eles em Viena, mas a maléfica influência de meu odradek não apenas me conduziu a esta cidade, como ainda me empurrou até Praga, de onde segui para Caxemira, onde agora vivo morto de frio e de medo, possuído por um demônio interior que, pelo que posso perceber, é viajante."

Na Caxemira, o sedentário Kromberg enlouqueceu, perdendo-se seu caminho para sempre, mas não seu diário de viagem. Se nos ativermos a alguns testemunhos, Kromberg, já perto do cume mais alto da região, acreditou ter encontrado o chapéu que, anos antes, Pessoa havia abandonado nas neves. Mas Pessoa jamais levara seu chapéu até aquelas gélidas e remotas paragens, e isso fez mais de uma pessoa suspeitar que Kromberg estava perdendo a razão, o que se confirmou quando, ao continuar subindo, disse que se sentia sobressaltado pelo adejo e pelo grasnido dos corvos. E lá não havia corvos.

Finalmente, ao chegar ao cume, Kromberg gritou horrorizado ao ver que lá estava seu odradek, que o havia ultrapassado. Rigorosamente vestido de preto, Aleister Crowley – o mesmo que, dois anos depois, dissolveria, em Sevilha, a sociedade secreta – o saudou rindo, enquanto sacudia uma bandeira negra em que, sobre a mais feroz das caveiras, havia bordado o lema POR UMA PROSA DE SEDA.

Em vão tentaram acalmar, convencer o assustado Kromberg que no cume não havia ninguém. Naquela noite ele anotou tudo que acreditava ter visto – chapéu, corvos, odradek com bandeira – e, em seguida, depositando seu diário na neve, se perdeu na obscuridade do pico hindu, e seu rastro desapareceu para sempre.

O odradek de Salvador Dalí tinha um marcante ar festivo e musical e, além do mais, era extremamente erótico. Nada menos do que um violino masturbador chinês ou instrumento melódico provido de um apêndice vibratório, que servia para ser introduzido, de forma repentina e brusca, no ânus, mas também, e de preferência, na vagina. Depois de introduzi-lo, um hábil músico fazia deslizar o arco sobre as cordas do violino, não tocando a primeira coisa que lhe passasse na cabeça, mas sim uma partitura escrita especialmente para os fins masturbatórios; o músico conseguia, mediante a sábia dosagem de notas em frenesi, intercalando-as com momentos de calma, que as vibrações amplificadas provocassem o orgasmo da beneficiária do instrumento no preciso e sincronizado momento em que a partitura atacasse as notas do êxtase.

O odradek de Ramón Gómez de la Serna não era exatamente erótico e fez sua aparição no espelho de um hotel de Praga, dando um considerável susto no escritor: "Ao me olhar num espelho que subitamente me reflete, me vejo realmente parecido com meu pai. Serei, na verdade, meu pai? Então toda minha vida foi uma fantasia em nome de outro? Não seremos mais do que um antepassado e nunca seremos nós mesmos?".

No dia em que escreveu isso, ficou em estado de permanente agitação, pois não havia nada mais terrível para um shandy do que a irrupção insolente de um odradek, sobretudo do que aparecia com o propósito de incomodar; claro que também havia odradeks amáveis e tímidos, mas estes costumavam ser entediantes; em geral, os odradeks eram criaturas ou objetos sombrios, inoportunos e patéticos, que se compraziam assustando seus hóspedes ou vítimas.

Gómez de la Serna se assustou como nunca naquele dia, mas soube recobrar seu ânimo e seu humor, e acabou se livrando do fantasma de seu pai pela via mais rápida: quebrou todos os espelhos do quarto de Praga.

Mas o que faziam os portáteis em Praga se não tinham planejado nenhum congresso, nenhum manifesto, nenhum ato terrorista, nem pretendiam organizar outra festa, nem nada de nada? Já disse que, na minha opinião, viajavam pelo mero prazer de viajar e de contar histórias, mas acontece que, além disso, sua viagem, como todo poema ou romance, corria sempre o perigo de carecer de sentido, mas nada valia sem esse risco, e talvez esse fosse o maior atrativo que eles encontravam naquela viagem.

E por falar em riscos, devo dizer que, ao que parece, em Praga eles se multiplicaram, pois, entre os shandys, foi rapidamente se afirmando a impressão indelével de que, em certas horas da noite ou do amanhecer, umas vozes misteriosas, que não eram as de seus odradeks, costumavam sussurrar um conselho mudo e misterioso; às vezes, um débil tremor, impossível de esclarecer, cruzava as velhas paredes do bairro judeu, deixando escapar ruídos que corriam pelos telhados e desciam pelas calhas, e se alguém se preocupasse em olhar, podia descobrir, naquele labirinto de odradeks, ramos murchos de murta, buquês de noiva arrastados pela água suja em que às vezes se escondia o silencioso e pouco perceptível jogo de gestos e de atitudes dos golens dos perigosos odradeks.

– Sim, perigosos – me diz Marcel Duchamp no terraço do café de Portbou. – Por isso, tenha cuidado com essa rolha de champanhe que parece tão equilibrada em seu inverossímil equilíbrio sobre a cortina, porque essa rolha também tem seu golem.

Sempre evoco essa lembrança no presente. De repente, pergunto o que Duchamp entende exatamente por perigosos, quando percebo que ele desapareceu. Busco-o por toda parte, inclusive no último lugar onde morou Walter Benjamin. Nada, se volatilizou. Será Duchamp meu odradek? Eu pensava em continuar a falar de odradeks, mas agora vejo que o mais prudente é dar o capítulo por encerrado. Sim, talvez seja melhor. Depois de tudo, minha história será abreviada, ou não será.

Novas impressões de Praga

Obscura a negritude
do mármore na neve.
Vladimir Holan

Até mesmo eu, em algum outro capítulo deste livro, utilizei o procedimento do qual se serviu Blaise Cendrars para escrever sua célebre *Antologia negra*. Trata-se de um método revelado por Miriam Cendrars, sua irmã, naquela refinada homenagem à fofoca que é seu livro *Inédits secrets*.

Conta Miriam Cendrars que o processo de criação da *Antologia negra* se iniciou em Praga, no decorrer de uma aprazível tarde de primavera em que Gustav Meyrink, um pouco inquieto por ainda não ter encontrado nenhum portátil desde sua partida de Viena, debruçou-se à janela de sua casa e ficou contemplando, uma vez mais, a rua em que nasceu: aquela paisagem serpenteante e lúgubre que desembocava em um cemitério judeu, hoje praticamente esquecido.

Apoiado na janela, ficou pensando com que parecia sua vida. Com nada, porque aquilo não era vida. Mas, se fosse, se pareceria com os invernos de sua infância em que tudo o que era artificial triunfava: brilho de luzes, casas fechadas, exasperação... Imediatamente voltou a contemplar a rua e os vidros das lojas, onde as luzes ficavam acesas o dia todo, à sombra de fachadas carregadas de sacadas, frontões de estuque sujo, realçados com volutas e emblemas heráldicos. E então viu a si mesmo transformado em uma câmera com obturador aberto: uma câmera passiva, minuciosa, incapaz de pensar em outra coisa que não fossem os portáteis, seus amigos, que, por um momento, temeu nunca mais voltar a ver.

Essa atitude, muito parecida com a de Berta Bocado em sua sacada em frente ao Cabaret Voltaire, lhe trouxe sorte, talvez porque, no fundo, fosse uma atitude tipicamente shandy. De repente, percebeu que um homem se barbeava na janela da frente e não demorou para se dar conta de que era Blaise Cendrars, hospedado na pensão da senhora Pernath. Como saudação, Meyrink, cheio de alegria, ensaiou os primeiros passos de uma dança africana até que Cendrars reparou nele e, sujando seu creme de barbear, ensaboou seu rosto de preto. Meyrink agitou então uma divindade de ébano e Cendrars, ainda mais eufórico do que seu vizinho, improvisou uns tambores e, por um instante, a rua serpenteante do bairro judeu de Praga transformou-se no eco selvagem de um subúrbio congolês.

Não demoraram para contatar a mulata Rita Malú, a atriz cubana que havia se instalado na pensão da esquina e que, naquele momento, estava debruçada na janela observando um estranho transeunte que tendia fortemente para o negro (usava chapéu, terno, gravata, óculos e sapatos negros) e que a chamava pelo nome. Em meio a esse chamado que ressoou no vazio profundo da rua, a atriz pôde notar a troca de sinais negros entre Cendrars e Meyrink refletida num vidro. Ela então assobiou uma *habanera*, imediatamente registrada pelos dois shandys e, claro, também pelo singular transeunte que, ao despojar-se dos óculos e do chapéu, revelou ser o negro Virgilio.

Ao se reconhecerem, todos agitaram seus chapéus negros, caía a noite e, na recém-inaugurada obscuridade, se impunha o eco longínquo de tam-tans de tribos selvagens de futuros shandys que, das solidões de suas remotas cabanas em povoados africanos, não tardariam em perceber como suas antigas lendas se incorporavam ao portátil graças à *Antologia negra* que Blaise Cendrars idealizou no exato instante em que se produziu aquele triunfal baile de chapéus.

Nada menos do que uma antologia apócrifa, pois o projeto de Cendrars contemplava a ideia de elaborar um livro de lendas que simulassem proceder de uma compilação de histórias populares africanas, mas que fossem, na verdade, uma interpretação muito pessoal das histórias que os shandys lhe contaram no momento do reencontro em Praga.

Conhecendo Cendrars, a ideia não era tão surpreendente, já que ele tinha o costume de não escutar as histórias que lhe contavam; ao contrário, pegava no ar duas ou três palavras dessas histórias para, com elas, construir mentalmente, no acaso das ficções abertas, relatos muito diferentes daqueles que lhe contavam.

Assim nasceu a célebre *Antologia negra*, publicada dois anos mais tarde em Paris e apresentada como "uma compilação baseada em breve, mas intensa bibliografia (27 páginas de bibliografia), que permite ao autor reproduzir, pela primeira vez na Europa, uma série de contos transmitidos oralmente por missionários e exploradores".

Quando foi publicada (Au Sans Pareil, Paris, 1927), toda a crítica francesa caiu na armadilha e saudou a obra como "a primeira oportunidade para o grande público conhecer a literatura popular africana", quando, na verdade, o que o grande público conheceu foi a literatura africana fabricada por Cendrars com a ajuda de sua habilidade de resgatar palavras das histórias que seus amigos portáteis lhe contavam. Mas a fraude passou tão despercebida, o engano foi tamanho, que houve até uma tradução para o espanhol, realizada por ninguém menos do que Manuel Azaña.

Uma fraude completa. Por exemplo, o famoso conto "El muerto y la luna", lenda atribuída à tribo sandé (e minuciosamente explorada, nos anos quarenta, pelo próprio Lacan), nada mais é do que o resultado da associação de imagens provocada pelas palavras lua e morte, apanhadas no ar por Cendrars entre o que Rita Malú lhe disse naquela tarde em que se encontraram em Praga.

Rita Malú notou que era lua cheia e, logo depois, confessou que nos últimos dias tinha se sentido levemente fora de si, pois, apesar das altas temperaturas, sentia um frio terrível, como se tivesse caído uma geada de morte sobre Praga.

Lua e morte. Cendrars guardou essas duas palavras e, quando Rita Malú acabou de falar, ele a informou do que ela, sem saber, tinha acabado de criar. Tanto Rita Malú quanto o negro Virgilio e Meyrink – que naquele momento havia engatado uma conversa contra o romance e a favor dos contos, os fragmentos, os prólogos, os apêndices e as notas de rodapé – calaram para que Cendrars lhes narrasse a lenda que iria se converter no primeiro relato da *Antologia negra*:

> Um ancião vê um morto sobre o qual cai a claridade da lua. Reúne um grande número de animais e lhes diz:
>
> – Qual de vocês, valentes, quer se encarregar de transportar o morto ou a lua para a outra margem do rio?
>
> Duas tartarugas se apresentam: a primeira, que tem as patas longas, carrega a lua e com ela chega sã e salva à margem oposta; a outra, que tem patas curtas, carrega o morto e se afoga.
>
> Por isso a lua morta reaparece todos os dias, e o homem que morre nunca volta.

Esse relato foi acompanhado pelos tiros de canhão que anunciavam a quebra da camada de gelo do rio Moldava. Fascinado, Meyrink tinha fechado os olhos para ouvir melhor a história que Cendrars contava. Mas, ao final do conto, foi difícil para ele voltar a abri-los. Vultos de pessoas passavam em filas na sua frente e ele viu máscaras de mortos imóveis, seus próprios antepassados: homens de cabelo liso e curto, com risca e alguns cachos, com longas perucas e pega-rapaz encaracolado; máscaras que, através dos séculos, chegavam até ele; traços que foram se tornando cada vez mais familiares e que foram se unindo, todos, num rosto derradeiro: o de um golem, com que se rompeu a cadeia de antepassados. A obscuridade se transformou num espaço infinito e vazio, em cujo centro estava a mãe do gênero humano.

Quando finalmente Meyrink pôde abrir os olhos, comunicou aos presentes o que havia visto. Cendrars guardou apenas as três últimas palavras daquela história ("a mãe do gênero humano") e as converteu no título e tema do segundo relato de sua antologia. Um conto que atribuiu à tribo mossi:

> Três homens apresentam-se diante de Uendé para lhe expor suas necessidades. O primeiro diz: Quero um cavalo. O outro diz: Quero cães para caçar na floresta. O terceiro diz: Quero uma mulher para me satisfazer.
>
> Uendé tudo lhes deu: ao primeiro, o cavalo; ao segundo, os cães, e ao terceiro, uma mulher.
>
> Os três homens se vão, mas sobrevêm chuvas que, por três dias, os deixam presos nos bosques. A mulher prepara comida para os três. Os homens dizem: Voltemos até Uendé. Lá chegam. Então, todos lhe pedem mulheres. E Uendé aceita transformar o cavalo em mulher, e os cães em mulheres. Vão-se os homens. Mas a mulher feita do cavalo é glutona; as mulheres criadas a partir dos cães são malvadas, e a primeira mulher, a que Uendé havia dado a um deles, é boa: é a mãe do gênero humano.

Essa lenda Cendrars guardou para si, porque não foi possível contá-la naquele momento, uma vez que, enquanto acabava de compô-la mentalmente, bateram na porta e entrou Salvador Dalí, visivelmente excitado, acompanhado de Nezval e Teige, dois jovens poetas tchecos que desejavam fazer parte da sociedade secreta. A julgar por seus olhares radicais e deslumbrantes, aqueles dois poetas eram máquinas celibatárias muito animadas. Seus olhos eram como valises bem iluminadas e extraordinariamente leves.

E quando, adiantando-se à impressão geral, o negro Virgilio comentou que não conseguia olhar os dois tchecos nos olhos porque estes o deslumbravam, Teige apressou-se a dizer que era assim mesmo e que tinha uma explicação muito simples: seus olhos eram uma homenagem constante a Edison, o inventor da lâmpada. E, em seguida, passou a palavra a seu companheiro Nezval para que este anunciasse, muito enfaticamente, que a partir daquele instante todo magnetismo sexual das mulheres viria sempre da possível utilização de suas capacidades e recursos espectrais, ou seja, de sua possível dissociação, decomposição carnal e luminosa. A mulher espectral, concluiu, será a mulher desmontável.

Teige então retomou a palavra e demonstrou ser um shandy evoluído ao se mostrar iniciado no segredo portátil dos golens dos odradeks. Falou do insólito ar quente de Praga e da presença, na cidade, de estranhos seres, criaturas silenciosas que agiam enquanto todos dormiam para que não se notasse nada da vida mentirosa e hostil que às vezes emanava delas quando a névoa das noites de Praga cobria as ruas e ajudava a ocultar um silencioso e pouco perceptível vaivém de gestos e atitudes tão profundamente obscuros como a pele esponjosa de um zumbi. Esses golens, concluiu, têm seu bucareste: criaturas da Romênia, primos pobres do conde Drácula e perseguidores implacáveis dos golens dos odradeks.

Cendrars, que à sua maneira, distraidamente, tinha escutado os poetas tchecos, interveio naquele momento para oferecer a Nezval uma caneca de shandy com gelo e lhe comunicar que ao ouvir a história sobre a mulher desmontável havia criado uma lenda zulu: "A negra espectral".

> Outrora o vento era uma pessoa, mais especificamente uma negra espectral. Transformou-se num ser com plumas e voou porque já não podia andar como antes; voou e foi morar na montanha. Em outros tempos era uma negra espectral; por isso, em outros tempos matava missionários. Transformou-se num ser com plumas, e então voou, foi morar numa gruta da montanha. Dorme na montanha, acorda cedo e sai; voa longe; uma vez mais, voa longe. Volta a sua casa porque sente que precisa se alimentar. Come outra vez, e outra, e outra; retorna à sua casa; de novo, volta para dormir.

Cendrars disse que, quanto ao comentário de Teige, não acreditava numa só palavra, mas que lhe havia servido para compor o quarto conto de sua *Antologia*, "A pele esponjosa de um zumbi", lenda babua. Preparava-se para contá-la quando todos, em uníssono, lhe pediram que deixasse a lenda para uma outra hora, pois estavam ansiosos para sair à rua e encontrar o maior número possível de integrantes da sociedade secreta.

Começaram um rastreamento implacável pelos bares do bairro judeu, mas não encontraram ninguém. Perderam-se nos arredores e chegaram a um velho cemitério: uma selva desordenada de túmulos altos e baixos que pareciam brotar da terra úmida, coberta de folhas amareladas que competiam com a erva daninha para ver qual chegava mais alto. Alguns corvos tinham se apossado das árvores nuas e, com seus grasnidos, ajudavam a criar um cenário de nostálgica desolação. Para além do cemitério, viram as luzes de um bar de má fama. O Cabaret Zizkov. Nesse antro alguém lhes falou de um estrangeiro que havia se transformado numa máquina de baile e que dançava, sozinho, no sótão do local. Pela descrição, todos concordaram que podia se tratar de Aleister Crowley e perguntaram ao dono do cabaré o que deviam fazer para vê-lo.

O dono abriu uma porta estreita, com arco romano, e todos desceram por uma escada reluzente de minúsculos cristais. Aqui e ali uma lâmpada guiava os passos dos shandys que, chegando ao fim da escada, viram que o subterrâneo se alargava e que o ar, quente e palpitante, lembrava o coração da África Central.

Andaram duzentos ou trezentos metros sem falar nada. De vez em quando, a parede se abria em passagens mais baixas, ramificações do corredor central, e a cada uma delas as cores dos cristais se alteravam. Quando já se aproximavam do lugar onde supostamente Crowley dançava, se deram conta de que os cristais gotejavam um líquido negro que às vezes lhes espirrava no rosto. Finalmente chegaram ao ponto de onde se via dançar o possível shandy.

Era Crowley, não havia dúvida. Tinha escolhido um belo lugar, revestido de cristais de cor laranja, bem amplo e de teto alto, com plantas tropicais e colibris. Era Crowley, ensaiando uma espécie de dança da serpente, com a metade inferior do corpo, das cadeiras às pontas dos pés, sem a participação do resto.

Era Crowley que, ao descer ao subterrâneo e ser atingido pelo líquido que espirrava dos cristais, tornara-se negro e movia os joelhos pelo menos de quinze maneiras diferentes, o que, até para um negro de verdade, era um número considerável.

Houve algumas exclamações de admiração da parte dos shandys. Cendrars tirou duas delas do contexto e, enquanto presenciava o caótico final do episódio – com todos os shandys pintados de negro, fugindo do cabaré –, foi construindo com essas duas exclamações uma nova lenda para sua *Antologia*: um conto da tribo babatua, em que se define a alma negra da seguinte forma: "alma escrava, impulsiva e pueril, dançarina e doce, ávida de destruição e, ao mesmo tempo, possuidora de uma inteligência que exibe uma experiência lúcida, condensada em agradáveis relatos".

Agradáveis relatos que são como a alma gêmea daqueles que Blaise Cendrars reuniu em sua apócrifa *Antologia negra*: livro impulsivo e pueril, lúcido e ávido de destruição, que não lhe tomou mais do que o tempo exato que os shandys demoraram em se disfarçar de figuras esculpidas em mastros das cabanas africanas e reagrupar-se, secreta e ardentemente, nos obscuros domínios do gelo que se rompeu em Praga.

Postal de Crowley

Algo, porém, falhava sempre:
havia algum traidor no grupo.
Borges

"Aqui em Praga", escreveu Crowley a Picabia, que aguardava notícias em Paris, "estamos perto de nos converter em sombras e, como mais de um enlouqueceu e queria atravessar grossos muros, cheguei a pensar que acabaríamos nos tornando, todos, seres invisíveis que só nos reconheceríamos à noite por nossas brancas echarpes de baile.

"E tudo isso se deve à conduta de Céline, que, convencido de que a conspiração nada seria sem um traidor que a colocasse em risco, decidiu assumir esse papel ingrato e começou sistematicamente a levantar a voz em nossas sigilosas reuniões de café.

"Não contente com isso, começou a escrever um livro, *Le vrai nom du complot portatif*, cujo início lembrava que, entre os antigos egípcios, cada pessoa recebia dois nomes: o nome pequeno, que era conhecido de todos, e o nome verdadeiro ou grande nome, que se mantinha oculto; depois de ter lembrado que até o nome de Roma era secreto, passava a revelar o verdadeiro nome de nossa sociedade portátil. Sim. Esse nome que agora você recorda com terror.

"Uma tarde, Valery Larbaud e cinco amigos foram visitá-lo em seu hotel e descobriram aquele manuscrito. Para isso tiveram que entrar na barraca de campanha que Céline havia instalado no meio de seu quarto. Enfurecido, Larbaud lembrou do destino que coubera a Quinto Valério quando, nos últimos dias da República, cometeu o sacrilégio de revelar o verdadeiro nome de Roma e morreu executado.

"Duchamp, Tzara, Vallejo, todos ali presentes, lhe fizeram ver que podia ter um destino semelhante ao de Quinto Valério, mas Céline respondeu com um riso irônico, riso de quem sabe extrair um aroma atroz da mais sombria das intenções. Frente a tal atitude, queimaram-lhe a barraca e, com ela, o manuscrito.

"Céline quase não se alterou. Parecia sentir-se à vontade em seu papel de traidor e, poucos dias depois, reapareceu no café Slavia, onde nos reuníamos todas as tardes. Chegou gritando, acompanhado de dois professores madrilenhos, um mais metido e pedante que o outro; um deles se gabava de ter traduzido Joyce para o espanhol, o que não podia nos suscitar nada mais do que desconfiança, pois, como você sabe, faz tempo que Joyce deu baixa de nossa sociedade por acreditar que tinha de pagar uma taxa mensal para pertencer a ela; o outro professor, chamado Diego, garantia ser um navegador castelhano e insistia em dissertar sobre as enseadas solitárias da Groenlândia e sobre certas águas temperadas próximas do Polo Norte. Uma tremenda chatice, acredite.

"Passamos dias terríveis, perseguidos por aqueles professores pegajosos que, junto com o traidor, iam no nosso encalço até os confins de Praga ou nos locais mais ocultos da cidade. Não sabíamos o que fazer para acabar com os malditos professores que claramente agiam como espiões. Isso levou muitos de nós a quererem se transformar em fantasmas ou seres invisíveis. E levou a maior parte da expedição a partir secretamente em direção ao Sanatório Internacional, localizado nos arredores da cidade, de onde hoje lhe escrevo.

"Aqui, longe da perseguição do traidor e seus sequazes, entramos numa fase de febril e extraordinária criatividade. Tudo graças àquela tentativa de traição. E parte, também, graças à hospitalidade do dono e diretor do Sanatório, a que chamamos de senhor Marienbad porque não deseja que seu verdadeiro nome seja revelado a ninguém.

"Creio que não gostaria de conhecer Marienbad. Trata-se de um homem que se veste sempre com uma roupa nova. Mau conversador, mas um charlatão incansável. Tem uma barba imensa, cuidada com dedicação, que o faz parecer ainda mais corpulento. Alimenta-se exclusivamente de coalhada, arroz de forno e rodelas de banana com manteiga. Muito inclinado para as mulheres, suas maneiras untuosas escondem um temperamento brutal, traído por seus pés chatos, unhas de espátula, olhar fixo e sorriso estático.

"Cientista, homem do mundo e ginasta, frequenta congressos internacionais escoltado por alguns de seus enfermeiros, que costumam obter, sob sua orientação pessoal, todos os primeiros prêmios em torneios de ginástica. Marienbad é meio como um trabalhador demagogo, que não se cansa de escrever grossos volumes, não portáteis, em que fala de banalidades; no entanto, assim que publica seus calhamaços, acostumou-se a vê-los traduzidos em diversas línguas. Incontáveis artigos em jornais divulgaram seu nome e pode-se prever que, com seu novo negócio, a Sociedade Anônima Kafka, alcance ainda maior renome.

"É que Marienbad ama o dinheiro. Soube que, há alguns anos, sequestrou sua mulher, uma judia rica, deformada e corcunda, o que lhe proporcionou um dote de vários milhões, com que montou o Sanatório Internacional. De qualquer maneira, apesar de seu afã de lucro ser notável, deixa-nos ficar gratuitamente no Sanatório. Às vezes um de nós faz um esforço e lhe conta alguma história ou, simplesmente, dá corda para que ele solte suas bobagens. Com isso, Marienbad já fica mais do que satisfeito.

"É um idiota completo, mas sua hospitalidade nos resulta muito útil. Walter Benjamin, por exemplo, a aproveitou para começar a trabalhar no projeto de uma máquina risonha, capaz de detectar qualquer livro que seja cansativo e entediante, e não caiba, nem mesmo miniaturizado, numa maleta.

"É uma máquina muito complexa, provisionada, segundo consegui entender, de artefatos que, francamente, não me são muito familiares: lentes, espelhos focais, círculos de cobre, cilindros ovalados, botões e cabos metálicos, agulhas imantadas, parafusos e jugulares.

"Walter Benjamin está convencido de que, em menos de um mês, o projeto da máquina estará completo. Ao que parece, o método de pesar textos consistirá em introduzir livros num aparelho de forma cilíndrica e deixar que uma imensa lente redonda faça uma verificação. Os livros que forem portáteis serão imediatamente postos em liberdade por um cilindro negro, de aparência pesada, que, posicionado verticalmente sobre o solo, será coroado por uma grande lâmpada esférica de cristal em que se poderá ler CONTRA O GRAND STYLE e de onde emanará uma claridade azul, visível até em pleno dia. A animada vibração maquinal fará com que a lâmpada se apague por uma fração de segundo, revelando que seu cristal não tem nenhuma cor e que a luz é azul por si mesma. Por sua vez, essa luz escreverá, na parte mais alta da máquina e, se possível, em 27 idiomas, a inscrição VIVA VERMEER, assim saudando os livros portáteis recém-liberados.

"Por outro lado, consegui saber que Tristan Tzara começou a escrever uma história portátil da literatura abreviada: um tipo de literatura que, segundo ele, se caracteriza por não possuir um sistema, mas apenas uma arte de viver. Num certo sentido, mais do que literatura, é vida. Para Tzara, seu livro é a única construção literária possível, a única transcrição de quem não consegue acreditar nem na verossimilhança da História, nem no caráter metaforicamente histórico de toda romantização. O livro oferecerá esboços dos costumes e da vida dos shandys através de um meio mais original do que os habitualmente adotados pelo romance. Tzara pretende cultivar o retrato imaginário, essa forma de fantasia literária que esconde uma reflexão em seu capricho e um empenho em sua ornamentação.

"Também deve saber que Berta Bocado, tomada por uma repentina ambição, está tentando construir um livro absoluto, um livro dos livros, que reúna todos os demais como um arquétipo platônico, um objeto cuja virtude não diminua com os anos. Como sempre, a Bocado anda bem desorientada, pois seu livro será tudo, menos portátil.

"Na verdade, todos nós estamos fazendo coisas. Mais do que artistas, o que soa vazio e pomposo, somos artesãos, ou seja, gente que faz coisas. Um ar de feliz criatividade percorre os espaços do Sanatório Internacional. Pouco nos encontramos, pois, como artesãos, permanecemos aferrados à nossa individualidade, mas às vezes sopra um vento polar que reúne todos nós no pátio central, onde, sorridentes e abrigados, trocamos olhares de cumplicidade; de vez em quando, uma ou outra palavra quebra o silêncio e sentimos que nos erguemos, como lanças que sobem ao alto, ultrapassando os limites da sombra; não alcançamos a vitória, mas silêncio contra silêncio, seguimos combatendo porque sabemos que o céu nunca desdenha a ambição.

"Assim passam os dias. De vez em quando, algumas palavras furtivas no pátio do silêncio me permitem saber como andam as coisas para os outros, e foi assim que tive a notícia, por exemplo, de que Scott Fitzgerald colocou ponto final num romance sobre um tal Gatsby: a história de um homem que enfrenta seu passado num inexorável destino rumo ao nada.

"George Antheil trabalha em seu *Ballet Mécanique*, música shandy por excelência, e, ao mesmo tempo, tornou-se pintor e desenhista do minúsculo: os mil fios de cabelo de uma trança ou as irisações de uma manga, por exemplo. Dorme com William Carlos Williams, que a cada dia lembra menos um norte-americano e passa o tempo tentando resolver todos os mistérios a partir de uma armação de discos concêntricos, desiguais e giratórios, subdivididos em setores de palavras latinas.

"Sua antiga amante, Georgia O'Keefe, segue intrigando e diz que passeia pelos teatros de uma cidade invisível, da qual sua imaginação precisa tanto quanto da lei da gravidade, e que constitui o centro de suas contrações de desejos e repulsas.

"Gombrowicz está escrevendo seu primeiro livro, algo muito insensato sobre um bailarino; parece que se trata de um livro extraordinariamente breve, incongruente e absurdo e, do seu modo, magnífico.

"Seu querido Duchamp planeja um ensaio sobre a miniaturização como um dispositivo de fantasia. Trata-se de um texto que parece ter sido concebido como continuação de um velho projeto de escrever sobre 'A nova Melusina' de Goethe (em *Wilhelm Meister*), que fala de um homem apaixonado por alguém que é, na realidade, uma pessoa diminuta a que temporariamente foi concedida uma estatura normal e que, sem saber, carrega consigo uma caixa contendo o reino em miniatura do qual ela mesma é a princesa. No conto de Goethe o mundo fica reduzido a algo colecionável, um objeto no sentido mais literal. Assim como a caixa no conto de Goethe, um livro não é apenas um fragmento do mundo, mas um pequeno mundo em si mesmo. É como se, para Duchamp, o livro fosse uma miniaturização do mundo que o leitor habita.

"Como pode ver, todos embarcaram em projetos que, à exceção do empreendido pela Bocado, são de um portatilismo agudo, frenético e desesperado. Até Savinio, que sempre foi o expoente máximo desse traço tão portátil que consiste em ser, às vezes, profundamente preguiçoso, não para de fazer coisas e está imerso em uma obra tão shandy quanto incomensurável: é tamanha sua insatisfação com as enciclopédias que está fazendo a sua própria, para uso pessoal. E creio que faz muito bem, pois, no final das contas, Schopenhauer, por exemplo, estava tão insatisfeito com as histórias da filosofia que inventou uma própria, para uso pessoal.

"Cada vez me parece mais evidente que nós, os portáteis, viemos ao mundo para expressar o fundo mais secreto e recôndito da nossa natureza. É isso que nos separa de nossos mornos contemporâneos. E é porque creio que estamos profundamente unidos ao espírito da época, aos problemas subjacentes que a acossam e lhe dão seu tom e caráter. Somos sempre duais na aparência, e assim somos porque encarnamos o novo e o velho ao mesmo tempo. Temos nossas raízes no mesmo futuro que tão profundamente nos preocupa. Possuímos dois ritmos, dois rostos, duas interpretações. Estamos integrados na transição, no fluxo. Sábios num novo estilo, nossa linguagem é cifrada, volúvel e louca. Tão cifrada quanto este postal que está chegando a seu fim: um postal que, no fundo, não pretende mais do que informá-lo de nossa grande febre criativa e de nossa constante exaltação do prazer pelas expressões literárias breves; um postal que louva a linguagem ágil e que denuncia o gesto pretensioso e universal do livro.

"Antes lhe falei do fundo mais secreto e recôndito de nossa natureza. Esse corrosivo segredo é mencionado por Rimbaud naqueles versos memoráveis:

Hydre intime, sans gueules,
Qui mine et desole.

"É a aflição que o envenenou e que tanto desconcerta a nós, que somos uns inadaptados quase à loucura.

"E para terminar, decifre isto, querido bólido: a vida aqui no Sanatório Internacional é um assassinato doce como a neve: fria peçonha encobrindo desolações de gelo em noites brancas de sedas veneráveis.

"Terá mais notícias de quem agora vaga, gira e se desvanece na vã vacilação de se despedir."*

* Ao leitor intrigado com o fato de como um texto tão extenso possa ter cabido num cartão-postal, esclareço que Aleister Crowley utilizou uma letra miudíssima e conseguiu que todas as suas palavras entrassem no verso de uma fotografia de Praga, cumprindo assim essa velha ambição shandy de alcançar uma escrita microscópica. Mas o aspecto mais importante desse postal é que, pela primeira vez, *hydre intime*, o nome secreto da sociedade portátil, aparecia reproduzido num texto. Isso assustou extraordinariamente Picabia, e o fez suspeitar imediatamente que, se havia algum traidor, não era Céline, mas o próprio Crowley.

O dia todo nas espreguiçadeiras

Picabia não deveria ter se assustado tanto com o postal de Crowley porque, na verdade, o texto do traidor não era tão perigoso quanto se podia supor e, além disso, se bem lido, revelava que não era algo tão preocupante. No Sanatório Internacional, muitos shandys já tinham se dado conta de que, cedo ou tarde, a sociedade portátil teria que desaparecer, que essa era a lei da vida e, de fato, algo bastante desejável, pois assim a conspiração se transformaria na espetacular exaltação do que aparece e desaparece com a arrogante velocidade do relâmpago da insolência.

Foi o que Duchamp fez Picabia ver quando, ao receber no Sanatório a carta em que ficou sabendo da existência do traidor, lhe escreveu para dizer que o postal de Crowley nada mais era do que um documento comovente, um texto voluntarioso que, no fundo, transpirava shandismo por todos os lados.

De fato, havia no postal uma sublime preocupação em conseguir manter, entre os shandys, uma constante disposição para o trabalho, e isso era profundamente portátil porque, salvo certo período de extraordinária vagabundagem, os shandys sempre se mostraram muito atarefados, sempre tentando trabalhar mais, especulando, com frequência, sobre sua vida de artistas infatigáveis. Muitos de seus textos chegavam inclusive a conter curiosos trechos que ofereciam receitas para trabalhar: as melhores condições, o *timing*, as ferramentas. E parte do esforço por trás da vasta correspondência que mantiveram, tanto oral quanto escrita, sempre foi o de fazer a crônica da existência do trabalho, informar sobre ela, confirmá-la.

O instinto de colecionador dos shandys sempre lhes foi muito útil. Aprender era uma forma de colecionar, como nas citações e fragmentos das leituras reunidos em cadernetas levadas para toda parte e que frequentemente costumavam ler em suas reuniões de conspiradores de café. Pensar também era, para eles, uma forma de colecionar, pelo menos em seus estágios iniciais. Anotavam conscienciosamente ideias extravagantes: desenvolviam miniensaios em cartas a amigos; reescreviam planos para projetos futuros; rascunhavam seus sonhos; carregavam listas numeradas de todos os livros portáteis que liam.

Mas como os alegres, volúveis e loucos shandys se transformaram em heróis da vontade? Penso que é pelo fato de que o trabalho pode se transformar numa droga, numa compulsão. "O pensamento, este poderoso narcótico", escreveu Walter Benjamin.

A necessidade da solidão, junto com a amargura da mesma solidão, era uma característica muito comum entre aqueles alegres e volúveis trabalhadores que foram os shandys. Para levar adiante seus trabalhos, eles tinham que ser solitários ou, pelo menos, não podiam se ligar a nenhuma relação permanente. Seus sentimentos negativos frente ao matrimônio ficam claros em muitos textos. Seus heróis – Baudelaire, Kafka, Roussel – nunca se casaram. Alguns shandys que, mesmo funcionando como máquinas celibatárias, estavam casados, acabaram por considerar seus matrimônios "fatais". Para suas máquinas celibatárias, o mundo da natureza e das relações naturais não era nada sedutor. Em geral, todos odiavam crianças. Walter de la Mare chegou a defenestrar seu filho e depois escreveu que, para ele, o natural, sob a forma dos laços de família, introduzia o falso subjetivo, o sentimental. Escreveu Walter de la Mare: "Era uma sangria da vontade, da independência, da liberdade de se concentrar no trabalho".

O estilo de trabalho do shandy era a imersão, a concentração no ofício. "Ou se está submerso ou a atenção vaga distante", escreveu Juan Gris. Isso explica, em parte, que tenham chegado a se instalar no Bahnhof Zoo, um submarino estacionado e imóvel, em busca dessa imersão ou concentração no trabalho. Mas concentrar-se tem seus riscos e acaba criando odradeks, golens, bucarestes e todo tipo de criaturas que povoam a solidão daqueles que, em tensa convivência com o duplo, se isolam para trabalhar.

Foi isso que aconteceu aos shandys, que nem sequer no Sanatório Internacional conseguiram escapar do assédio constante dessas criaturas – toda uma conspiração paralela à HYDRE INTIME –, o que acabou fazendo com que cogitassem a possibilidade de viajar a Trieste, na ilusória crença de que um cenário mediterrâneo desorientaria seus perseguidores, seres que eles consideravam mais propensos à neblina do mistério tcheco do que ao azul diáfano do litoral adriático. Mas os shandys não contavam com o mistério da espessa e pertinaz neblina de Trieste e, após uma infeliz estadia nesta cidade, acabaram voltando a Paris.

Nervosos, os viajantes shandys chegaram a Paris após terem confirmado, em Trieste, a existência de uma conspiração paralela à deles. Nervosos e, inclusive, desfigurados. Meyrink, por exemplo, tinha aspecto de grumete. Littbarski se vestia como um marinheiro japonês. Salvador Dalí esquadrinhava o horizonte sem cessar, em busca de sua Moby Dick pessoal. Rita Malú ia disfarçada de fragata. Robert Walser parecia saído diretamente do *Potemkin*.

Como se pode ver, um delírio marítimo: para Larbaud, coleção de miniaturas de barcos; mensagens em garrafas para o príncipe Mdivani; para Pola Negri, fotografias de baleias agarradas entre os dentes de suas caças: um delírio marítimo que os fazia confundir Paris com uma gigantesca casa de campo. Isso provocou alguns incidentes com os shandys que ficaram nessa cidade, mas rapidamente as águas voltaram a seu leito e, já que em Trieste os viajantes portáteis haviam entoado os primeiros cantos à preguiça e à inconstância na arte (sem dúvida, uma reação anti-histérica a tantos dias de trabalho), bastou um gesto de aprovação e elogio do ócio por parte dos portáteis ancorados na terra firme de Paris para que aqueles que vinham de Trieste estudassem a possibilidade de selar a paz que devia reunificar a sociedade secreta.

No mesmo dia em que Marcel Duchamp afirmou que o parasitismo era uma das belas-artes, foi firmada a paz em um jantar no La Coupole, um jantar em homenagem a Pyecraft, personagem de H. G. Wells: personagem de ficção, portátil *avant la lettre*, pois era alguém que, ao perder seu peso e pelo medo de elevar-se até o céu, saía de casa com lâminas de chumbo costuradas por todo o interior da roupa, com botas de sola de chumbo e uma maleta também cheia de chumbo.

Na semana passada, com uma maleta cheia de chumbo, lá fui eu a Córsega com a intenção de me livrar dos portáteis por uns dias, pois me pareceu que a paralisia progressiva da minha Olivetti Lettera 35 era uma clara consequência da minha obsessão pelos shandys e da minha dedicação diária a escrever sobre o assunto. Pensei que havia ganhado algum direito ao descanso e a me perder no sempre grato capítulo da preguiça.

Mas foi terrível o que me aconteceu. Via, por exemplo, uma miniatura da figura de Napoleão – o herói local de Ajaccio – e imediatamente não apenas me lembrava da felicidade shandy ante o pequeno, como também me ocorria pensar quão pequeno se sentia o portátil Robert Walser quando, em um de seus livros, se imaginava soldado da infantaria do exército de Bonaparte ("[...] eu seria apenas a arruela da máquina de um grande destino, não seria mais um homem [...]").

Qualquer coisa que viesse até mim ou em que pensasse, instantaneamente a relacionava com o mundo shandy, sem jamais conseguir evitar. E assim, para dar um exemplo, bastava me recostar numa espreguiçadeira em frente ao mar e imediatamente me vinha à cabeça a cidade de Trieste, onde os portáteis passavam dias inteiros nas espreguiçadeiras, não porque buscassem descansar de tanto trabalho, mas porque não tinham outro remédio se quisessem se livrar de seus odradeks, já que essas criaturas não circulavam ao redor daqueles que as hospedavam quando estes se entregavam à vagabundagem.

Não tinha jeito de eu esquecer os shandys, talvez porque minha obsessão também fosse portátil, talvez porque, depois de tanto ter singrado as águas shandys durante tantos dias e tantas noites, o portátil fosse como um oceano que parecia não ter fim, e continuava se deslocando comigo.

O que acabou com minha paciência foi um pesadelo em que certas experiências de Aleister Crowley em Trieste apareciam ligeiramente deformadas. O pesadelo começou com um prólogo teatral em que espetáculos de uma imoralidade sem limites me foram apresentados como puritanos. Ao baixar a cortina – sobre a qual se podia ver o anagrama shandy desenhado por Duchamp – e se desvanecerem tanto o apresentador quanto os espetáculos imorais do prólogo, pude ver como deslizavam, por espreguiçadeiras prateadas, golens que perseguiam odradeks que, por sua vez, perseguiam mulheres fatais que passavam em canoas, de praia em praia, até chegar a um mar negro de azeite em que professores madrilenhos navegavam em transatlânticos reduzidos à mínima expressão e que mais pareciam bucarestes resgatados de tumbas de monjas mumificadas em Sebastopol.

De repente, justo no momento em que os odradeks, seus golens, as mulheres fatais, os bucarestes, as monjas e os professores madrilenhos grudavam pegajosamente em meus ombros, acordei angustiado. Olhei-me no espelho e fiquei aliviado de ver que eu não era Crowley, mas um pesquisador da sociedade secreta shandy. Não, eu não era Crowley, repeti cem vezes para mim. E em seguida decidi que, naquele mesmo dia, voltaria a Barcelona e tentaria descansar do esforço de tentar esquecer o mundo shandy.

Volto, pois, à minha história abreviada, ou avariada, como queiram. Em seu livro *Os bucarestes*, diário de sua estadia em Trieste, o satanista Aleister Crowley tomou como pretexto o relato de suas pesquisas acerca dos bucarestes para nos falar, de maneira maçante e sem a menor compaixão, dos portáteis, ainda que não fizesse menção expressa a eles, pois os chamava enigmaticamente de "bocángeles".*

Trata-se de um livro sumamente enjoativo, pois é composto de 27 fragmentos em que Aleister Crowley não tem o menor escrúpulo de repetir, de 27 maneiras diferentes, que os bocángeles passavam o dia inteiro nas

* "Neste mundo, república de vento/ que tem por rei um acidente." São versos de um soneto do poeta espanhol Gabriel Bocángel (1603-58). Quando meu livro já estava praticamente terminado, a filha de Picabia e Germaine Everling me sugeriu a possibilidade de que "bocángeles" fosse uma menção indireta a esses versos, pois, segundo ela, muitas vezes se falava entre os shandys de "nossa República de Vento" para definir o efêmero movimento portátil.

espreguiçadeiras e que só a duras penas ele suportava o peso da pegajosa e nada imaginária tribo que havia grudado em seus ombros e que o fazia caminhar cambaleando. Um livro que parece feito para ludibriar todos que dele se aproximarem buscando informações sobre a estadia dos portáteis na cidade fronteiriça de Trieste. Como mostra este fragmento, escolhido ao acaso:

> Trieste ou a província como espetáculo. Escrevo de mau humor, depois de ter passeado ao longo do Aqueduto e de ter cumprimentado o senhor Italo Svevo, que é o menos parecido que pode haver com os bocángeles. A tarde é fria e o céu está claro, apesar do siroco que pesa sobre a cidade desde a manhã. Parece impossível que o tísico carnaval, que começou esta tarde com um primeiro baile de máscaras, resista à temperatura fria e úmida. Trata-se de um carnaval pobre, e meus companheiros de jogo, meus queridos bocángeles, lhe deram as costas. A eles só interessam as espreguiçadeiras. Céu fugidio de Trieste, cidade triste em que teria sido feliz se não descobrisse em má hora que todo odradek tem o seu golem e todo golem tem seu bucareste, que é, insisto nisso, uma criatura romena, minúscula e horripilante que nunca se solta de seu amo, o golem. Aqui em Trieste eu teria sido feliz se meu odradek particular não repousasse frequentemente sobre meu ombro esquerdo, acompanhado de seu correspondente golem, com bucareste incluído e aderido; sobre o ombro direito, minha mulher fatal e um professor madrilenho

chamado Bérgamo* esforçam-se para atingir o adequado contrapeso para que minha figura não se veja ferozmente desequilibrada. Mesmo assim, ando sempre cambaleando. As incríveis ombreiras de minha jaqueta de cetim negro (a cor da sabedoria, pois, como pigmento, é a concentração de todas as cores existentes) não dissimulam a carga posta sobre meus ombros no dia em que, por puro capricho, decidi empreender esta aventura que, paradoxalmente, não seria nada se as dificuldades para avançar não fossem tantas, e tanto o peso dos seres que, descaradamente apoiados em meus ombros, tentam impedir que a aventura prossiga.

Lendo Crowley, ninguém pode, em momento algum, renunciar à incredulidade ante tantos fogos de artifício e bucarestes soltos; no entanto, nos surpreendemos quando comparamos seu texto com o de Walter Benjamin (*O surrealismo: o último instantâneo da inteligência europeia*) ou com o de Man Ray (*Travels with Rita Malú*) ou com o de Tristan Tzara, e então vemos que os três coincidem, em

* Refere-se provavelmente a José Bergamín, embora possa tratar-se também de uma sutil homenagem a *Bérgamo*, o excelente relato que Walter de la Mare escreveu em sua vila de Capri: a história de um shandy imaginário que, tal como os demais portáteis, atravessa a vida com uma extraordinária aversão à marca pessoal, a ter um estilo artístico bem definido e facilmente reconhecível, a possuir um vocabulário único e intransferível capaz de fazer com que determinados símbolos se convertam em Chagall ou Giacometti, em Claudel ou Thomas Mann, para dar quatro exemplos de artistas nada portáteis.

grande medida, com as especulações de Crowley. Escreve Benjamin:

> Em Trieste, eu vivia num hotel cujos quartos estavam quase todos ocupados por monges tibetanos, que tinham vindo à cidade para um congresso de igrejas budistas. Chamou-me a atenção a quantidade de portas que ficavam sempre entreabertas pelos corredores. O que a princípio parecia um simples acaso, acabou por me inquietar. Soube então que nesses quartos estavam alojados os membros de uma seita que tinham prometido nunca morar em espaços fechados. Nunca pude esquecer o susto que levei. Alguém sussurrou ao meu ouvido que aqueles lamas tibetanos eram, na verdade, nossos odradeks, e que era possível vê-los de dia, pelas ruas de Trieste, movendo-se pelos inferninhos, ocultos em pocilgas, bordeis, botequins, fingindo serem mendigos, vesgos, marinheiros desocupados, valentões, traficantes de drogas ou porteiros de lupanares.

E escreve Man Ray: "Durante a nossa estadia em Trieste, o que nos chocava não era o monstruoso, mas sua evidência. Por isso nos refugiávamos nas espreguiçadeiras – que prazer voltar à infância e descobrir de novo a indisciplina! –, e procurávamos não nos mover muito. É que, de modo lento mas inexorável, foi ficando claro que viajávamos acompanhados pelas sombras de uma conspiração paralela à nossa: uma conspiração fantasmagórica mas perceptível, protagonizada por seres não humanos que, diferentemente de nós, tinham um objetivo com sua conjura: nada menos do que destruir nossa sociedade secreta. Tratava-se de estranhos bastardos não nascidos de uma mãe, que se alojavam, conforme o caso, em sótãos, escadas, corredores, vestíbulos ou ainda em nossos ombros e, às vezes, inclusive em nosso cérebro".

Na opinião de Maurice Blanchot, que em *Faux pas* dedica um breve estudo ao fenômeno portátil, esses estranhos bastardos de que fala Man Ray talvez não fossem mais do que a forma que as coisas assumem no esquecimento; as coisas se deformam, tornam-se irreconhecíveis, mas apesar disso estão ali, viajando conosco, conspirando a nosso lado; coisas que estão em tristes lugares abandonados e que às vezes penetram no nosso cérebro e se agrupam em perfeito silêncio ("o silêncio dos conspiradores", lemos no *Tristram Shandy*, "que vigiam os que, um dia, acreditaram que eram os únicos conspiradores").

Mas, na minha opinião, há também a possibilidade de que esses fantasmas dos cérebros portáteis sejam simplesmente a literatura escrita por eles. Enfim, de qualquer maneira, o que está fora de questão é que nenhum portátil ignorou a existência da conspiração paralela, o que mostra que eles valorizavam ao máximo essa exigência secreta da arte, que consiste em que o artista saiba surpreender e surpreender-se frente ao que, mesmo sem ser possível, *é*.

Basta ver o que escreve Tristan Tzara quando, na sua *História portátil da literatura abreviada*, nos confirma a existência da conspiração paralela: "Havíamos deixado Praga em busca de cenários mediterrâneos que nos permitissem despistar nossos implacáveis perseguidores, mas eles tiveram a ousadia, inclusive, de chegar a Trieste antes de nós. Soubemos que tomavam éter, e que este os atingia com a velocidade de um trem bala. Sua conspiração dançava no alto de uma escada de degraus íngremes. No entanto, como se em nossos ombros caísse, gota a gota, todo o peso, eles se afastavam, ficavam como se fossem de borracha, na margem aguda de nós mesmos. E sobre nossa boca havia algo parecido com uma boca de gelo; este é o nome, Boca de Gelo, com que passamos a nomear aquela inominável conspiração que viajava a nosso lado e que, mais de uma vez, assumia a forma daquela figura que encontramos na última e terrível página de *A. Gordon Pym*, aquela figura de brancura perfeita como a neve [...]".

Deixaram Trieste e foram para Paris confiando que lá, ajudados pelos portáteis que haviam ficado, seria mais fácil acabar com a Boca de Gelo, mas a única coisa que aconteceu foi que a conspiração de brancura perfeita como a neve também tinha sufocado com esfinges de fogo a comunidade portátil residente em Paris, e por conta disso muitos shandys decidiram se refugiar no fundo do mar e retomar sua atividade criativa no submarino Bahnhof Zoo, esquecendo-se das espreguiçadeiras daqueles dias de ócio literário que deram forma à luminosidade fugaz do capítulo da preguiça.

Bahnhof Zoo

Existem apenas dois textos que nos falam dos dias que os shandys passaram no submarino alugado pelo príncipe Mdivani. Um deles, escrito pelo próprio príncipe, não é confiável, pois se trata de um simples e absurdo delírio, já que ele se esforça por descrever uma viagem do submarino ao fim do mundo quando, na verdade, o Bahnhof Zoo não se moveu – nem poderia – do porto de Dinard, na Bretanha, pois não passava de uma velharia bélica: restos da Primeira Guerra Mundial que, antes de serem alugados pelo príncipe, tinham sido utilizados como restaurante chinês. O outro texto, o diário de bordo do pintor Paul Klee, é muito mais confiável, apesar de se perder no final e se deixar levar por uma veia lírica que ensombrece os dados históricos.

Como disse, o texto de Mdivani é puro delírio. Ignoro se foi porque estava obcecado por fascinar seus leitores ou se queria simplesmente tornar seu investimento financeiro rentável, mas, em qualquer um dos casos, certo é que o príncipe inventou uma divertida, mas claramente improvável, viagem de aventuras que se iniciava em Zanzibar e acabava no fundo do mar do Nunca. Eis aqui uma breve amostra do notável delírio do príncipe: "Navegando para Balboa sob a lua cheia, contra a maré minguante, as nuvens como ossos de cavala, Hércules imprecisos, crepúsculos cor de malva, terríveis para os alienados viajantes. A costa panamenha parece o País de Gales".

Quanto a Paul Klee, creio que temos de lhe agradecer o esforço de nos informar e lhe perdoar o extravio final, que é mais produto de sua repentina descoberta da poesia do que de qualquer outra coisa. Além do mais, note-se que ele demora a se perder, o que permite que fiquemos a par de praticamente quase tudo que desejaríamos saber sobre o Bahnhof Zoo, e, por outro lado, as páginas de seu extravio são belas, e gosto de acreditar literalmente no que elas expressam: aquela imagem, por exemplo, da pobre Morte visitando o submarino...

Klee começa seu diário de bordo explicando de onde surgiu o nome Bahnhof Zoo. Diz que, na Berlim daquela época, o mais conhecido ponto de encontro da cidade era o Bahnhof Zoo; sob o relógio que dominava esse lugar, podia-se ver, a qualquer hora, uma multidão de pessoas aguardando seus amores ou amigos. Para o príncipe Mdivani, Bahnhof Zoo era o nome mais adequado para seu velho submarino, pois em Berlim e sob esse relógio (fabricado em Zurique por uma empresa chamada Nave dos loucos) ele esperou mais de uma vez uma mulher fatal que acabou por torná-lo terrivelmente desgraçado e que o empurrou à decisão de se consolar alugando um submarino estático para que seus amigos portáteis se divertissem.

Por outro lado, a palavra Zoo evocava a bíblica Arca de Noé, tão parecida com o submarino, pois jamais houve, como naquela ocasião, tamanha variedade de animais portáteis reunidos. Junto com os históricos participantes da festa de Viena, embarcou, de última hora, gente tão peculiar como Marianne Moore, Cyril Connolly, Carla Orengo, Ezra Pound, Josephine Baker, Jacobo Sureda, Erich von Stroheim, o joalheiro Rozanes, Ossip Mandelstam, entre outros, assim como um pitoresco capitão de barco que dizia se chamar Missolonghi e que não era outro senão Robert Walser, que, após passar anos beirando a loucura, finalmente caíra no abismo da demência.

"O tal Missolonghi", escreve Paul Klee, "vestia uma jaqueta forrada de pele com a gola levantada, um gorro azul, e tinha uma aparência colossal, com seu perfil ganchudo contra a escotilha; estava sempre bravo com aqueles que acreditava serem estivadores; gritava ordens e maldições sem parar, num idioma incompreensível."

Aqueles que ele acreditava serem estivadores eram, na verdade, um grupo de poetas ingleses, amigos do joalheiro Rozanes e grandes admiradores da poesia de Baudelaire. Incumbiam-se de zelar pelo bom funcionamento do salão Macau, um luxuoso fumatório de ópio que imitava um palácio norueguês saqueado e que era, junto com um teatro de marionetes, um dos maiores atrativos do Bahnhof Zoo.

O salão Macau, dominado por uma imensa bruxa de origem chinesa, foi o cenário do incidente entre Rita Malú e Carla Orengo, quando esta, ao saber que a outra também estava apaixonada por Picabia, esperou que Malú estivesse em pleno sonho de ópio para deixá-la sem cabelos, a cabeça completamente raspada. Foi um completo escândalo, um grave incidente a que logo se somou outro: Max Ernst, que estava secretamente apaixonado por Orengo, entrou numa loucura passageira que o levou a escrever ao rei Alfonso XIII da Espanha, oferecendo-lhe os préstimos amorosos de Josephine Baker, ao mesmo tempo que lhe propunha ingressar em "uma sociedade secreta ou perímetro portátil que deixa livre, no próprio centro da linguagem, uma grande praia de imaginação, sem mais chaves que a de seu próprio jogo". A carta foi interceptada a tempo por Henri Michaux, que conseguiu fazer Max Ernst recuperar o juízo, falando-lhe da loucura shandy de realizar aquela viagem imóvel no fundo do mar.

Henri Michaux estava convencido de que se devia entender a submersão nas profundezas do porto de Dinard como uma viagem para baixo. E para Michaux, baixar era abismar-se naquilo que nos sustenta, era penetrar o fundamento que subjaz a nós mesmos; segundo ele, quando baixamos ao que está realmente abaixo, perdemos nossos pontos de referência, e aqueles que têm a audácia de baixar radicalmente comprovam como o de cima passa a ser o que os cobre, enquanto tudo que está aberto num lugar fechado (como o Bahnhof Zoo, por exemplo) assume uma indeterminação distante e opaca.

Mas nem todos os shandys, ao submergir em busca do salão do ópio, se deram conta das perspectivas que se abriam nas profundezas. Para muitos deles, aquilo era uma exótica mas simples descida a um fumatório no fundo do mar, e pouco mais do que isso; até que compreenderam que se tratava de um movimento instintivo que, na verdade, se acoplava ou podia acoplar-se perfeitamente ao sentimento portátil; além disso, permitia, por puro paradoxo, a continuação da viagem shandy, pois se tratava nada menos do que se imobilizar no que está abaixo para poder recuperar tranquilamente a mobilidade no que está acima.

"Aqueles", nos diz Paul Klee, "foram dias de grande excitação e muito fumo. Nenhum portátil, seguindo ordens prévias, esqueceu de entrar no Bahnhof Zoo com uma bengala, destacando-se especialmente a de César Vallejo, que era de mogno e que, a certa altura, inflava e revelava dois mamilos. Não era mais do que uma bengala, mas, naquele momento, bruscamente se afeminava. A bengala de Vallejo nos fascinou tanto que a incorporamos, junto com o piano do salão Macau, ao escudo heráldico dos shandys."

Bengala e piano protagonizaram também um poema de César Vallejo que, escrito a bordo do Bahnhof Zoo, até hoje é considerado um texto sumamente hermético, quando, na verdade, é uma sugestiva e diáfana aproximação da viagem estática do ópio portátil, para baixo e para dentro.

"Esta bengala é um piano que viaja para dentro,/ e para baixo,/ com alegres saltos./ Em seguida medita em sono ferrado,/ cravado com dez horizontes./ Adianta. Arrasta-se sob túneis,/ mais além, sob túneis de dor,/ sob vértebras que fogem naturalmente./ Outras vezes vão suas trompas,/ lentas ânsias amarelas de viver,/ vão de eclipse,/ e espulgam pesadelos insécteis,/ já mortos para o estrondo, brasão do gênesis./ Piano obscuro, a quem atiças com tua surdez que me ouve, com tua mudez que ensurdece?/ Oh, bater misterioso."

Colette, Cocteau, Varèse e Antheil, sempre em turnos rigorosos, batiam tristemente nas teclas do piano do salão Macau, um lugar muito frequentado em todas as horas. Mas acontece que Antheil se apaixonou por Pola Negri e teve que ser substituído por Erik Satie. E assim, em seu afã de conquistar a mulher fatal, Antheil começou a realizar estudos oceanográficos, submergir nas águas profundas com um escafandro, catalogar moluscos desconhecidos etc. Qualquer coisa, desde que chamasse atenção.

Pola Negri, que inicialmente mostrou absoluta indiferença em relação ao ativo músico, acabou por se apiedar dele quando viu que caía doente e, então, lembrando-se de sua condição de mulher fatal, começou a cortejá-lo em seu leito de gripe. Durante alguns dias, compartilharam o mesmo beliche no salão Macau. Até a tarde em que ele, de repente, começou a notar que ela tinha sido acometida de um estranho mal. Ela, sim, é que era a doente de verdade, pois não sabia amar. E a água a matava. Isso revelou a todos os portáteis que eles não eram os únicos condenados. As mulheres fatais também estavam condenadas. Já em pleno ocaso e agonia da sociedade secreta, ao detectar a presença daquele mal, daquela estranha enfermidade que, por sua vez, revelava a presença da água, do nada e da morte, George Antheil ficou visivelmente emocionado, e disse: "Quão extraordinária é uma morta".

Morta pela água, acrescentaria eu, parafraseando T. S. Eliot e seus versos de homenagem ao desaparecimento de Pola Negri.* No fundo (do mar e de suas consciências), todos homenagearam essa morte, da mesma forma que não esca-

* *The shady shandy* [*O shandy sombrio*], versão espanhola na coleção Ocnos, tradução de Jaime Gil de Biedma, Barcelona, 1967.

pou a ninguém que os odradeks também estavam acometidos daquele estranho mal. Num sonho de ópio, Paul Klee assegura ter visto seu odradek sair voando do beliche e, envolto numa nuvem malva de fumaça, fugir do Bahnhof Zoo, nadar até Saint Malo, sentar-se no túmulo de Chateaubriand e, lá, ao pé de uma âncora azul desenhada na parede caiada, observar a passagem dos veleiros para, em seguida, sacar um revólver do bolso, levá-lo à boca e apertar o gatilho. "Por um instante", escreve Paul Klee, "o odradek continuou a olhar o túmulo, o esplendor do mar e os veleiros. Mas logo depois tudo, inclusive ele, se desvaneceu no ocaso bretão."

Essa história, entre tantas outras, passou a ser representada no teatro de marionetes do salão Malabar do submarino. Todos os shandys recordavam aquele célebre trecho do *Wilhelm Meister*, de Goethe, em que este conta como se introduziu no maravilhoso mundo do espetáculo de mãos em um portátil teatro de marionetes que seu pai lhe presenteara tempos antes. Por isso, não podia faltar, no Bahnhof Zoo, o fascinante universo do títere.

Para os portáteis, as marionetes eram como metáforas de um ser feliz e em movimento, cuja ação não dependia de sua própria consciência. Serviam-lhes também para postular as bases de uma sábia peregrinação entre os riscos do conhecimento e a alta luz da graça. E ainda lhes serviam para que não parassem de contar histórias, prazer essencial de toda viagem.

Algumas dessas histórias tinham um interesse especial, como a que representava René Daumal, que, valendo-se de um velho armário, refletia sobre a morte na literatura. Seu espetáculo se encerrava com estas sábias palavras, pronunciadas por um boneco que pretendia ser o fantasma da ópera: "E assim é que, se pensarmos bem, a literatura viverá enquanto aquele que se dispuser a escrever uma simples carta hesite por alguns instantes sobre o modo de tornar verossímil o que nela pretende dizer. E, no pior dos casos, mesmo supondo que as pessoas deixem de escrever cartas, a literatura não morrerá enquanto os poetas, além de escrever, souberem ler. Ou seja, senhoras e senhores: os poetas não morrerão, precisamente porque não morrem".

A morte, a linguagem da morte, a linguagem e a morte da linguagem eram os temas mais recorrentes nas representações do Malabar. E quando lhes chegou a notícia do desaparecimento de Jacques Rigaut em Palermo, a encenação da morte dele, por parte de Georgia O'Keefe, passou a ser uma das favoritas do público portátil.

Era uma representação narrada de forma cruel e impiedosa, pois aparecia em cena um Jacques Rigaut desvairado que acabava se arrastando grotescamente num colchão que parecia uma canoa, esperneando diante da morte. Algo desagradável e injusto, que acabou gerando reações contrárias, em especial a de Federico García Lorca, que, sem ter conhecido pessoalmente Rigaut, decidiu assumir sua defesa e encenou uma das mais belas sessões de marionetes que se viu no Bahnhof Zoo.

García Lorca transferiu a ação de Palermo para Granada, especificamente para o Alhambra Hotel, onde um Rigaut pálido e andaluz vivia ludicamente sua morte enquanto contemplava o trágico sapateado de umas cápsulas bailarinas, cujo azul rutilante cegava todos os espectadores. Após a deslumbrante e barbitúrica dança da morte, entrava em cena um aparelho elétrico, inventado pelo próprio Lorca, cuja missão consistia em irradiar, no início de seu funcionamento, um frio horripilante, de grande intensidade. Justo nesse momento, e enquanto os espectadores pensavam apenas em como se abrigar, descia a cortina, sobre a qual Lorca havia pintado uma avenida infinita de areia amarela. Em primeiro plano, na origem da avenida, podia-se ver uma marionete sudanesa, uma mendiga negra de cabeleira grisalha que cantava "Nessun dorma", ao mesmo tempo que exercia a arte da adivinhação, anunciando o negro futuro da conspiração shandy.

Outra das mais interessantes sessões de marionetes ficava a cargo de Stephan Zenith, que convertia os títeres em transformistas e os fazia representar, com notável brevidade e engenho, os feitos mais extraordinários das mais seletas biografias shandys. Para cada feito, um diferente disfarce. Tudo em grande velocidade, digna de Frégoli. Seis ou sete cenas para cada biografia, pois a vida – sinto muito – não dá para mais do que isso.

Após essas velozes transformações, chegava-se à cena final, idêntica para todos: aparecia um esqueleto com uma foice, que vagava sem buscar sua vítima, mas sabendo que, no fundo, queria encontrá-la, e, ao dar com ela, ceifava pela raiz a vida abreviada do portátil.

Nessa cena, nunca faltavam aplausos tristes e resignados dos espectadores. É que se algo ia se tornando ostensivo ali, a bordo do Bahnhof Zoo, era porque a conjura podia, a qualquer momento, entrar em agonia, pois a Morte já parecia começar a fechar seu cerco.

A pobre e desvalida Morte. "Entrou no submarino", comenta Klee, "mas saiu a passos largos, assustada. E foi navegar em terra firme, por um caminho de estremecedoras pedras bretãs." Estamos no final do diário de bordo de Klee, quando este, por não querer ser muito explícito na hora de abordar os motivos por que a viagem imóvel chegou a seu fim, recorre à imaginação poética para nos informar que, apesar de visitados pela Morte, eles conseguiram assustá-la e assim retardar o início da agonia da heroica conjura.

Sempre me agradou acreditar literalmente no que Paul Klee nos conta ao final de seu diário de bordo. Sempre gostei de acreditar que, de fato, a Morte chegou de madrugada, com seu esqueleto e sua foice, curiosa por ver o que acontecia lá no submarino. Três surpresas a aguardavam. A primeira foi descobrir que lá, no Bahnhof Zoo, tudo lembrava aquela esplêndida descrição de Lívio sobre a destruição de Alba Longa e de quando os habitantes dessa cidade vagavam por suas ruas, despedindo-se das pedras. A segunda surpresa foi ver que no fundo do mar chovia e "caía, densa, uma lágrima que, derramando-se parcimoniosa e como um fantasma de si mesma, fingia extinguir-se, com um vago gesto de esquecimento, num mar razoável, onde a chuva era lenta e oblíqua, e o que chorava era prosa [...]".

Quanto à terceira surpresa, ela foi grande e pôs em fuga a pobre e desvalida Morte. Esta teve a ideia de entrar no salão Malabar e lá descobriu sua condição de marionete. Viram-na se sentar e, antes de fugir aterrorizada, fumar ópio, suar em bicas e, como qualquer espectadora, esperar impaciente que terminasse a última cena para verificar se havia algo mais além dela.

A arte da insolência

Desconheço as causas por que abandonaram o Bahnhof Zoo, mas o mais provável é que o cansaço os tenha empurrado de volta para a superfície. O cansaço e também certa angústia, conforme se depreende de um documento encontrado em Paris, num baú de fundo falso que se achava num sótão da casa que pertenceu a Crowley e que foi descoberto pelo novo proprietário, Edward Clark, magnata das máquinas de costura Singer e um apaixonado pesquisador da história da conspiração portátil. Clark foi morto em circunstâncias estranhas, poucos dias depois de encontrar o documento e escrever um breve texto, "Um shandy desenha o mapa de sua vida", inspirado, ao que parece, em imagens que lhe foram sugeridas num sonho sobre os anos em que Walter Benjamin brincou de fazer um mapa de sua vida.

Benjamin imaginava esse mapa cinza e portátil, e chegou a desenhar um sistema de sinais coloridos que marcavam claramente as casas de seus amigos shandys, os cafés e livrarias onde se reuniam, os motéis, a luz submarina das bibliotecas europeias, os caminhos para diferentes escolas e os túmulos que viram preencher.

"Perder-se numa cidade", escreveu Walter Benjamin, "como alguém se perde numa floresta, requer aprendizado [...] Aprendi essa arte muito depois, cumprindo assim o sonho cujos primeiros rastros foram os labirintos sobre o papel poroso de meus cadernos. Não, não os primeiros, pois antes houve um que perdurou: o caminho para este labirinto."

Parece-me que o caminho de todo conjurado shandy para este labirinto é o tema central do texto de Edward Clark, cuja complementação ideal seria esse documento que ele achou no baú de fundo falso no sótão do que fora a casa de Crowley. Tratava-se do texto de uma conferência sobre a angústia do escritor portátil, originalmente redigido por Bruno Schulz com o propósito de lê-lo no Bahnhof Zoo. Mas, ao que tudo indica, foi parar nas mãos de Crowley, que o retocou levemente e, fazendo-se passar pela poetisa Elsa Tirana (pseudônimo da satanista Cléo de Mérode, amante do rei Leopoldo da Bélgica), o leu, perfeitamente travestido, no Ateneu de Sevilha, durante a homenagem a Góngora que fundou a geração poética de 27 na Espanha.

A conferência era sobre a angústia – este, como disse, era o texto original de Schulz –, mas Crowley injetou frases que revelavam ao mundo a existência da sociedade secreta shandy. Uma traição total. Para tanto, Crowley reforçou a leitura de sua conferência com a exibição de uma imitação grosseira do mapa sonhado por Benjamin. Em meio ao público, e misturados com uma numerosa delegação de professores madrilenhos, era possível ver muitos shandys escutando, felizes, a revelação de seu segredo, ainda que isso equivalesse ao desmantelamento definitivo do portátil. Todos os shandys estavam acompanhados por um termômetro e por um negro, ou negra, procedentes de Port Actif.

Não deve surpreender a ninguém que os shandys se mostrassem sumamente felizes, pois, como já assinalei anteriormente, compreenderam a tempo que, se desejavam um funcionamento melhor da sociedade, era preciso que esta desaparecesse previamente do mapa, ou seja, que parecesse, aos olhos do mundo, como a exaltação espetacular do que aparece e desaparece com a arrogante velocidade do relâmpago da insolência. E deve-se levar em conta que a insolência, ao se manifestar, sempre o faz na relação com os outros, por um movimento que leva em conta intensamente o outro; é a expressão de um Eu rebelde, escandaloso, imperecível, que se impõe ao se revelar.

Compreender tudo isso os levou a um pacto de solidariedade que implicava uma série de compromissos essenciais, como o de não ampliar, de maneira visível, a existência da conjura e mostrar-se, de uma vez por todas, rápidos e magistrais na arte de abreviar. Por causa disso, cerraram fileiras em torno do traidor Crowley e lhe permitiram que os desmascarasse ante o mundo. Mais ainda: literalmente o forçaram a fazê-lo.

Reproduzo, na sequência, alguns parágrafos interessantes do que a falsa Tirana leu em Sevilha: "Vim até aqui para lhes dizer que vocês não me agradam em nada, sobretudo porque são 27, o que é inadmissível, pois esse número pertence exclusivamente a nós [...] Como podem ver, o caso do escritor shandy tem algo de exorbitante e inadmissível. É cômico e miserável que, para se manifestar, a angústia precise da atividade de um portátil sentado à mesa, traçando letras num papel. Pode parecer chocante, mas assim é, da mesma forma que a solidão do louco tem como condição necessária a presença de um testemunho cordato [...] A angústia faz com que eu já não tenha nada a dizer sobre nada, mas nada me satisfaria menos do que tentar dar a esta conferência um motivo que a justificasse [...] esse motivo poderia ter sido o de me apresentar diante de vocês e pronunciar algumas palavras com a intenção de esquecer, por instantes, de minha angústia. É óbvio que não consegui. Este motivo poderia ter sido o de me comportar como um traidor e desmascarar a presença de numerosos conjurados shandys entre o respeitável público. É óbvio que consegui [...] e a verdade é que estou feliz porque o portátil não mais levantará a cabeça. Tendo chegado a este ponto, vou-me com meu chapéu e minha hidra íntima. Creio ter desenhado estas palavras como o dia desenha suas imagens e sopra sobre elas e não retorna".

Ao término da apresentação houve grandes aplausos da parte dos professores madrilenhos, pois, como Elsa Tirana era uma avantajada discípula de Marinetti, acreditaram que se tratava de uma conferência vanguardista. Mas os aplausos não fizeram senão enfurecer os portáteis, que então decidiram começar a divulgar, em voz alta, todo tipo de boato sobre os professores: um desfile desenfreado de fofocas que semeou o pânico no Ateneu.

Emilio Prados, tentando frear aquela orgia de fofocas e calúnias, aproximou-se de quem ele acreditava ser o chefe daquele grupo de insolentes, García Lorca, e o recriminou pelo escasso nível literário da fofoca. Lorca o fulminou com o olhar e, apoiando-se no ombro da bela negra que o acompanhava, empenhou-se em lhe explicar que Marcel Proust, por exemplo, escrevia romances que nada mais eram do que fofocas, e que o mesmo ocorria com Henry James.

Duchamp, bebendo um refrescante shandy, aproximou-se e explicou a Prados que só se narram contos para que alguém os repita, e que deixamos de contá-los quando esses relatos não se conservam, e que, se não se conservam, é porque deixamos, ao escutá-los, de fiar e de tecer. Então Luis Cernuda, com um sorriso amplo, uniu-se a seus companheiros shandys e emendou: "Saiba que a fofoca faz parte dessa condição transitória, elo de uma cadeia cujos demais elos o reproduzem apenas aproximadamente. Relato como transitoriedade pura, a fofoca também coloca em cena a impossibilidade de uma repetição idêntica, a inevitabilidade da transformação incessante".

Ao final dessas palavras, viram Prado atônito, pedindo ajuda; vários professores o acudiram e, todos juntos, rodearam García Lorca, momento que alguém aproveitou para tirar uma fotografia que passou para a história e na qual se pode ver o poeta granadino, como aprisionado, entre Alberti e Chavás.

Mas, naquele meio-tempo, todos os negros começaram a cantar. Um grande escândalo, o triunfo da insolência tomada como uma das belas-artes. A apoteose da fofoca prosseguiu durante alguns minutos, entre canções e foguetes disparados de todos os cantos. Só então Dámaso Alonso intuiu que o shandismo podia ser algo literariamente válido e se aproximou de Rita Malú para lhe perguntar se ela também fazia parte da conspiração portátil.

"Impossível", disse Rita Malú, "porque todos os shandys são anjos e eu não sou." Ele então se interessou por saber de onde vinham esses anjos, e Rita Malú conta, em *Cartas de Mogadíscio*, que lhe deu uma esclarecedora resposta: "Vocês, os homens, têm os testículos cheios de anjos".

É uma frase que nos leva à pista exata e espermática dessa energia potencial que foi a própria essência do shandismo: uma energia que não desapareceu sequer quando Crowley, na saída do Ateneu, abriu a janela de seu quarto sevilhano e, fazendo-se acompanhar de um gesto histriônico, dissolveu a sociedade secreta. Uma energia que não desapareceu; ao contrário, foi potencializada graças à dispersão, uma vez que a experiência da literatura, não em vão, é a exata prova da dispersão como aproximação ao que escapa à unidade. E não deve, portanto, nos surpreender que a dispersão em que entrou a sociedade secreta e, com ela, a literatura portátil, assinalou também o momento em que ela se aproximou de si mesma e começou a ser, afinal, realmente portátil.

Um shandy desenha o mapa de sua vida

Je voyage pour connaître ma géographie.
Anotação de um louco, recolhida por
Manuel Réja, *L'Art chez les fous*, Paris, 1907

Todos os shandys assumem o rosto de um shandy imaginário e, nos traços desse retrato portátil, podem ser lidos os fatos que configuraram o trágico rosto de sua biografia: o mapa de sua vida imaginária. Nesse rosto, que é o de todos os rostos shandys, há fendas já desde a juventude: fendas que lentamente vão se abrir para compor o vazio: essa única máscara, que é a reunião de todas as máscaras portáteis, e que será descoberta, na luz etérea de um quarto sevilhano, fazendo reverência a sua majestade, o tempo, que foi quem devastou esse rosto único e solitário: o rosto, em definitivo, do último shandy.

Na maioria de seus retratos, o shandy tem o olhar baixo, com a mão direita próxima do rosto. O mais antigo que conheço data de 1924, pouco depois da crise nervosa que o atingiu junto ao penhasco em que Nietzsche teve a intuição do eterno retorno. Seu cabelo escuro e encaracolado cai sobre uma testa larga. Parece jovem, quase bonito; o olhar apontado para baixo – o suave e sonhador olhar dos míopes – parece flutuar em direção à parte inferior esquerda do retrato.

Na fotografia que dele tiraram durante a festa em Viena, o cabelo encaracolado está um pouco mais curto, mas não restam rastros de juventude e de beleza; o rosto se alargou e a parte superior do tronco não só parece levantada, como também maciça, enorme. A mão, dobrada, com o polegar escondido na palma, cobre sua boca, o lábio inferior carnudo. O olhar é opaco, ou simplesmente voltado para dentro. Há livros atrás de sua cabeça.

Numa fotografia tirada no fundo do mar, o shandy está de pé, imerso em seus pensamentos, no Bahnhof Zoo, como um ancião, vestindo camisa branca, gravata, calças sobre as quais pende a corrente de um relógio: uma figura desalinhada que olha para a câmera com truculência.

Finalmente, na luz clara de um quarto sevilhano, está consultando as últimas páginas de um volume que mantém aberto sobre a mesa com a mão esquerda, e é como se olhasse a margem inferior esquerda da fotografia; surpreendentemente o vemos muito mais jovem do que três anos antes e dá a impressão de já ter alcançado sua meta de se tornar um competente leitor de plantas de ruas imaginárias pelas quais se pode seguir felizmente à deriva; é como se seu olhar vagasse, já errante, pelas últimas páginas desse volume, onde poderia ter encontrado o mapa de sua vida: um labirinto em que cada relação com um conspirador shandy figuraria como uma entrada no emaranhado da cidade invisível dos portáteis: um espaço em que se perder exigiria prática, pois a arte da vagabundagem pelas ruas da imaginação revela a verdadeira natureza da história da cidade moderna e nos conduz às portas desse edifício singular, onde vive o último shandy.

Trata-se de alguém que compreende a própria vida como um espaço em que se pode traçar um mapa. E é alguém que, já em Port Actif, fundando a sociedade secreta, considera-se um melancólico a quem a solidão parece o único estado humano apropriado: a solidão na grande metrópole ou a ocupação do andarilho ocioso, livre para sonhar acordado. Considera-se um melancólico, pois veio ao mundo sob o signo de Saturno, que é um astro de revolução mais lenta, o planeta das sinuosidades e hesitações. E sob esse signo se perde, como bom andarilho ocioso, no labirinto de odradeks onde lentamente se rompe o gelo do Moldava.

Como a lentidão é um traço do temperamento melancólico, em Trieste passa o dia nas espreguiçadeiras, e essa lentidão se manifesta no modo como ele lê o mundo. O melancólico, justamente porque está obcecado pela morte, é quem melhor sabe ler o mundo. Mesmo no submarino, sua visão da morte o faz perceber que é o mundo que se entrega ao escrutínio do melancólico.

Já em Sevilha, pensa que, quanto mais sem vida são as coisas, mais poderosa e engenhosa pode ser a mente que as contempla: inerte ante o desastre que se avizinha, seu temperamento melancólico se galvaniza ante a paixão que objetos privilegiados despertam. Torna-se colecionador de livros e paixões, porque sabe que a caça de livros, como a caça sexual, enriquece a geografia do prazer, e encontra nisso outra razão para vagabundear pelo mundo; além de primeiras edições e livros de simbologia barroca, coleciona miniaturas: cartões-postais, flâmulas, soldados de chumbo... O amor pela miniatura subentende seu gosto pelas expressões literárias breves. Sua biblioteca está cheia de livros breves que evocam lembranças de cidades em que aprendeu a se conhecer: Port Actif, Paris, Palermo, Nova York, Viena, Ajaccio, Praga, Trieste, Sevilha...

Praga, no mapa. Nessa cidade, o shandy aprende a viajar ao redor de seu quarto quando, sentado em seu escritório e diante da página em branco, recebe a visita de seu odradek; inclinado sobre seus papéis e lutando com a obra, o shandy nota que sobre seu ombro pousou um ser inferior e obscuro: um odradek que ataca sua alma, a torna estreita e a aperta, a rejuvenesce e, a seu modo, a refaz imatura. A princípio, o shandy evita a violação fingindo não ter sido visitado por ninguém, mas rapidamente compreende que essa violação cometida pela criatura de semiobscura inferioridade é a mais aguda e criativa das violações; entrega-se então a seu odradek, porque sabe que com ele se perderá no caos no qual, por fim, nascerá a literatura portátil.

Palermo, no mapa. Nessa cidade, a vida do shandy é um desenho da morte. Nunca irá a Palermo, enviará alguém em seu lugar: um emissário suicida que transformará o hotel siciliano num lugar proibido na memória de seus dias.

Paris, ao contrário, será a luz submarina dos dias de sua formação como portátil. Pontes de prata sobre o Sena, enlaçando os intrincados caminhos de uma viagem que, através dos dias de aprendizado parisiense, o conduzirá a um comboio de estrelas, e dele outra vez à terra e ao nada opaco de uma insolente despedida em Sevilha.

Sevilha, sem mapa. Nesse recanto do sul, o último shandy, que é um herói saturnino, com suas ruínas, miniaturas, visões desafiadoras e sua implacável penumbra, pensa que a exaustiva intensidade e atenção de melancólico fixam limites naturais à longitude com que ele pode tornar explícitas suas ideias sobre a literatura e a vida, e decide concluir o livro que está escrevendo para terminá-lo ainda a tempo, antes de se autodestruir. É a decisão de quem sabe que o verdadeiro rosto da História passa velozmente e que só se pode reter o passado como uma imagem, tal qual o relâmpago da insolência, que, no exato instante em que podemos vê-lo, emite um resplendor que nunca mais se voltará a ver.

Só porque está morto, somos capazes de ler o passado. O último shandy sabe que só porque está fetichizada em objetos concretos, alguém pode entender a história. Só porque é um mundo, alguém pode entrar num livro. Para o último shandy, para quem seu livro é mais um espaço por onde passear, o verdadeiro impulso, quando o olham, é baixar os olhos, mirar para um canto, baixar a cabeça para o caderno de anotações, ou melhor, escondê-la atrás do muro portátil de seu livro.

Bibliografia essencial

RAY, Man. *Travels with Rita Malú* [*Viagens com Rita Malú*]. Nova York: Reynal and Hitchcock, 1947.

LITTBARSKI, Werner & LARBAUD, Valery. *Die Schüsse eines Junggesellen*. Viena: Keuschnig, 1930. [*Los disparos del soltero*. Buenos Aires: Sur, 1961.]

TZARA, Tristan. "Histoire portative de la littérature abregée" [História portátil da literatura abreviada], in *Sept manifestes Dadá. L'Espion des realistes et une histoire inédite* [*Sete manifestos Dadá. O espião dos realistas e uma história inédita*]. Paris: Jean-Jacques Pauvert, 1963.

RIGAUT, Jacques. *Agence génıérale du suicide* [*Agência geral do suicídio*]. Paris: Le Terrain Vague, 1967. Versão espanhola publicada pela Anagrama, 1974.

TYP(H)ON, Ant(h)ony. *Eulogy of Discomponsure* [*Elogio do desconcerto*]. Prólogo de Jorge Luis Borges e María Kodama; notas e epílogo de Virginia Klimt. Nova Orleans: Klimt, 1983.

CROWLEY, Aleister. *Os bucarestes*. Porto: Porto Editorial, 1948.

STERNE, Laurence. *Tristram Shandy*. Madri: Alfaguara, 1978.

CÉLINE, Louis-Ferdinand. *Le vrai nom du complot portatif* [*O verdadeiro nome do complô portátil*], manuscrito desaparecido em Praga.

HUIDOBRO, Vicente. *El sabotaje de lo instituido* [*Diário europeu*]. Buenos Aires: Editorial Sudamericana, 1962.

KLEE, Paul. *Tagebücher* [*Diário*]. Colônia: Dumont Schauberg, 1957.

PICABIA, Francis. *Veuves et militaires* [*Viúvas e militares*]. Inédito até a presente data, com publicação prevista pela editora da livraria Corti (11 Rue de Medicis, Paris).

CENDRARS, Blaise. *L'Anthologie nègre* [*Antologia negra*]. Paris: Buchet-Chastel, 1980.

CENDRARS, Miriam. *Inédits secrets* [*Inéditos secretos*]. Paris: Gallimard, 1969.

KROMBERG, Hermann. *Tagebücher* [Diário], editado por Aleister Crowley. Viena: Keuschnig, 1929.

O'KEEFE, Georgia. *Pictures* [*Quadros*], livro de memórias editado pela Universidade de Princeton, 1951.

BLANCHOT, Maurice. *Faux pas* [*Passo em falso*]. Paris: Gallimard, 1943. [*Falsos pasos*, trad. Ana Aibar Guerra. Valência: Pre-Textos, 1977.]

BEACH, Sylvia. *Shakespeare and Company*. Nova York: Harcourt Brace Jovanovich, 1959. [*Shakespeare and Company*, trad. Roser Infiesta. Barcelona: Thor, 1984.]

CANELL, Skip. *Pessimims* [*Pessimismo*]. Nova York: Indolence Editions, 1958.

MALÚ, Rita. *Cartas desde Mogadíscio*. Havana: Espuela de Plata, 1969.

MARE, Walter de la. *Biographical Memoirs of Extraordinary Shandys* [*Memórias biográficas de shandys extraordinários*]. Middlesex: Penguin, 1955.

Esta obra fui publicada com o apoio da Direção Geral do Livro, Arquivos e Bibliotecas do Ministério da Cultura da Espanha.

Imagem da capa: Scientist Vincent J. Schaefer blowing bubbles, 1948
© Bettmann/ CORBIS

Coordenação editorial EMILIO FRAIA
Projeto de capa KIKO FARKAS – MÁQUINA ESTÚDIO
Projeto de miolo JUSSARA FINO
Preparação LIVIA DEORSOLA
Revisão PEDRO PAULO DA SILVA e MARIA FERNANDA ALVARES
Produção gráfica LILIA GOES

Dados Internacionais de Catalogação na Publicação (CIP)
(Câmara Brasileira do Livro, SP, Brasil)

Vila-Matas, Enrique [1948-]
História abreviada da literatura portátil: Enrique Vila-Matas
Título original: *Historia abreviada de la literatura portátil*
Tradução: Júlio Pimentel Pinto
São Paulo: Cosac Naify, 2011
144 pp.

ISBN 978-85-7503-959-5

1. Ficção espanhola I. Título.

10-11450 CDD-863

Índices para catálogo sistemático:
1. Ficção: Literatura espanhola 863

COSAC NAIFY
Rua General Jardim, 770, 2º andar
01223-010 São Paulo SP
[55 11] 3218 1444
cosacnaify.com.br

Atendimento ao professor [55 11] 3218 1473

TIPOLOGIA	Adobe Garamond
PAPEL	pólen soft 80 g/m²
IMPRESSÃO	Geográfica
TIRAGEM	3 000